メディアワークス文庫

犯罪社会学者・椥辻霖雨の憂鬱

吹井 賢

椥辻《なぎつじ》姫子《ひめこ》

14歳の中学二年生。霖雨のはとこ。
複雑な事情から、霖雨が居候する叔父の家に引き取られた。
死者の魂を見、声を聞くことができるらしい。

椥辻《なぎつじ》霖雨《りんう》

27歳。R大学現代社会学部準教授。
専門は「犯罪社会学」及び「自殺等の逸脱行為」。
圧倒的頭脳を持ちながら他人の感情を理解するのが苦手。

目　次

プロローグ

「積み重ねた書が力になる」。幼い頃、父に聞いた言葉だ。その意味がようやく分かった気がする。

何冊も積み上がった本が、見えなかった事実を可視化し、遠い場所にも手を届かせる。知識は財産であり、血肉。しかも、この力は決して他者に奪われない。誰にも奪えない。

国の動向によって紙切れになりかねない紙幣や市場次第で紙屑《かみくず》になる株券、幾らの値が付くか不安定な不動産よりも、知識とは余程に有用で、得難《えがた》いもの。だが、その事実に気付く為《ため》には知識が要る。そして知識を得る為には一定の資産が必要だ。結局のところ、金銭と知識は人という車の両輪で、どちらかが欠けていれば何も成すことはできない。

尤《もっと》も、こんな思想はブルジョアの妄言だ、とも言える。「知識が財産だ」と声高に主張できるのは明日の食べ物に困らないインテリだけであって、「人はパンのみにて生きるにあらず」と語る聖職者も、パンがなければそもそも生きてはいられないことを知っているだろうし、知に殉じて毒杯を呷《あお》った哲学者を満足した豚は笑うことだろう。

それでも俺は信じている。知識が力になることを。そして何よりも重要なのは、「どう生きるか」なのだ。

全ての問題は、どう在りたいか、に帰結する。俺は社会学者であって、倫理の教師や哲学者、活動家気取りの同僚とは違う。だから、「どう在るべきか」ではなく、「どう在りたいか」を重視する。

俺は価値を決めない。その上で、どう在りたいか、を問い続ける。見えるようになった事実をどう考えるか。辿《たど》り着《つ》けた場所で何をするのか。

単純な話だ。俺は、俺がしたいと思ったことをする。それが今回はたまたま、探偵の真似事《まねごと》だっただけ。

死んだ人間の思念が見えると語った少女は、「助けて欲しい」と言った。報われぬ魂の無念を晴らして欲しいのだと。

彼女の言うことが本当なのかは俺には分からないし、興味もない。けれども、俺は真実を明らかにする道を選んだ。それによって、生きた誰かが不幸になるとしても、だ。「そうしたい」と俺自身が望んだから。

今回の事件の犯人もそうだ。そうしたいと望んだから、それを為《な》しただけ。その点では俺と何も変わらない。そこに優劣はなく、もしかすると、善悪すらないのかもしれない。やむなしなことだったのだ。

どんな真実も、やがては書に変わる。後の世に残るのは崇高な祈りや悲痛な願いではない。ニュース番組を騒がせている今回の事件も、やがては忘れ去られ、最後には文字と数字の羅列だけが残る。

そう、残るのは、紙片に纏《まと》められた無味乾燥の情報。けれども、そこには生きた人がいたのだ。そのことは忘れたくない。

学者としても、人間としても。

幽霊の見える同居人

この講義、『社会学概論』を受けている皆さんのほとんどは、この現代社会学部の方だと思います。社会福祉士課程や社会調査士を取る為に嫌々受けている人もいるかもしれません。そういう人は頑張ってください。

では、他学部からわざわざ受けてくれている人は手を挙げてください。大丈夫です、当てません。

……はい、ありがとう。何名かいますね。

では改めて自己紹介をしたいと思います。僕は、このR大学の現代社会学部で准教授を務めている、椥辻霖雨《なぎつじりんう》と言います。専門は犯罪社会学。あと自殺などの逸脱行動。それらとの関係で、社会政策や社会保障も少しやっています。

僕の研究については覚えなくていいです。試験には出ませんから。

初回なので、この講義で何を扱うかと、配点について説明したいと思います。シラバスと重複する内容もありますが、容赦してください。この講義を取るか悩んでいる方を知っているなら、シラバスの説明を読むように伝えておいてください。

それではこの社会学概論で何を扱うかですが、社会学という学問の概要について教えるつもりです。概論、ですね。こんな物言いは同語反復であって、説明になっていないので、とりあえず『社会学』とは何かを話しましょう。

社会学とは、文字通り、「社会に関する学問」です。数式や物理法則とは違い、社会とは人が創り出したものなので、「人に関する学問」とも言えます。

説明が遅れましたが、社会科学と社会学は違うものです。「社会科学」と言う場合、「自然科学」との対比なので、法学や経済学、政治学も含みます。社会学は社会科学の一分野という理解で良いと思います。

折角テキストを指定しているので、そこの説明でも借りましょうか。ああ、これも言い忘れてましたが、シラバスにて参考文献に指定している、この「社会学小辞典」は買う必要はありません。高いから。社会学についての学びを深めたい方のみ買ってください。

はい、では248ページ、「社会学」の項目の説明を一部借ります。

社会、文化も含め、構造と機能、変動と発展を……社会的行為と関わらせながら、理論的かつ実践的に研究し……えー、歴史や現実に関する法則を明らかにして、社会的問題の解決に寄与する学問。

……全然分からんな。読まない方が良かった。

余計に分かりにくくなってしまったので、僕なりの言葉で説明します。

僕に言わせると、「社会学」とは、社会現象や個人の行為の因果関係や相互作用を、統計若《も》しくは理論的に解釈する学問です。想像力を駆使し、ミクロとマクロを繋《つな》げ、異なる視点を理解する……。

さっき取り上げた、「社会学」の項目の後半部分に、「個人の行為から出発するか、社会や集団に重点を置くか、規範や文化に注目するかで違いがある」との記述があるんですが、これが社会学の多様性と分かりにくさの原因です。

例を出しましょう。僕が研究しているものの一つに『自殺』があるんですが、この自殺ってのは個人の問題ですか？　それとも社会問題ですか？　あるいは、問題ではないですか？

自死の理由やそこに至るまでの経緯をケースごとに分析すれば、それは自殺に関する社会学です。自殺者の統計から景気や経済政策との因果関係を明らかにすれば、それも社会学になります。「命を絶つことの是非」の歴史を究明し、価値観を問い直せば、これもやはり、社会学です。

一言に「社会学者」と言っても、全く違うことを研究していることは珍しくありません。それが普通です。やたらとテレビに出たがる方もいれば、デモ活動に盛んに参加されてる方もいますし、ドヤ街や安宿の労働者に話を聞いている方もいます。僕のように、研究室に籠もり、統計分析をやってる人間もいます。

隣の先生とか、カルチュラル・スタディーズとして映画やアニメの話をしてるので面白いですよ。単位が足りないならおすすめです。

なので、「ナントカ社会学」と社会学の中で更に分類をしてるわけですね。犯罪社会学もその分類の一つです。このような概念や分け方を『連字符《れんじふ》社会学』と呼びます。

知識社会学の大家、カール・マンハイムが提唱したものですね。

ああ、『連字符社会学』は試験に出ますので、良かったら覚えておいてください。

後でも取り上げますが。えーっと……。はい、こういう字を書きます。

ちょうど試験の話になったので、この講義の配点について話しましょう。シラバスに書いてある通りなんですがね。

まず、出席点ですが……――。

‡

新入生が多い春セメスターの講義も、半ばを過ぎれば当初の緊張感は何処《どこ》へやら、スマホを弄《いじ》る奴に寝てる奴、俗に「内職」と呼ばれる他講義の課題をやっている奴が増えてくる。というか、そもそも出席する奴が減ってくる。

生憎《あいにく》と俺は真面目な先生ではない。出席した学生が何をやっていても構わないし、出席点も付ける。講義の進行に支障を及ぼすような声量で雑談をしているなら別だが、各々の自主性を重んじ、放っておくことにしている。それで困ろうが、自己責任。なんで俺が助けてやらないといけないんだ。講師として、質問くらいには答えるつもりだが、そういう奴は大抵、聞きにも来ない。

前期セメスターの社会学概論、その八回目の講義。

定刻より十分ほど早くに終了を告げると、学生達は喜びに騒《ざわ》めき始《はじ》める。「言うまでもないことですが、他の教室は講義中なので、移動は静かにするように」。そう忠告してから、最前列の席に置いてある余ったレジュメと出席カードの回収を始める。

いつもの連中から声を掛けられたのは、その時だった。

「椥辻センセー。ちょっといいですか？」

肥満気味のチェック柄が、柔和な笑みで手を挙げる。両隣にいるのは如何《いか》にもインテリという風の眼鏡と、黒髪ロングの女子。前方の席に座っていた三人組は、資料の回収を手伝いつつ、こんな風に言ってくる。

「いやー、毎度のことで申し訳ないんですが、センセーのお知恵を借りたいんですよねー」

「……なんで俺が？」

黒髪が笑って後を引き継いだ。

「やだなあ、先生ったら。社会学研究科の名探偵と言ったら、椥辻霖雨先生のことじゃないですか！」

「誰にも呼ばれてない異名を実《まこと》しやかに言うな。ミステリの読み過ぎだぞ、ミスオカ」

ミスオカ、とは彼女の名前ではない。『ミステリー・オカルト研究会』というサークルの名称だ。この三人組は、そのけったいな集まりのメンバーだった。

どうもミステリ好きというのは逸話や肩書に弱いらしい。俺が犯罪社会学の専門だと知るや否や、「コイツは探偵役に相応《ふさわ》しいはずだ」と目を付けて、絡んでくるようになったのだ。良い迷惑だ。

俺のやっている犯罪社会学は、事件を捜査し、犯人を推理する学問じゃない。犯罪や逸脱行動を分類し、そこに至った背景とそのファクターを分析し、「何故《なぜ》犯罪を行うのか」「その抑止の為にどういった社会政策が必要か」を研究するものだ。

真相の推理は専門外もいいところ。そんなのは、それこそ探偵の役目だ。

謎を解くことに意味はない。ただ、憂鬱になるだけだ。

「でも先生、その上から下まで黒で統一されたコーデとか、同じく黒縁の眼鏡とか、凄《すご》く特徴的で、如何にも探偵キャラー、って感じですよ？」

「……お前、俺の服装を遠回しに馬鹿にしてないか？」

雨粒が窓を濡《ぬ》らしている。時計に目を遣《や》る。アイツが来ているかもしれない。そう考えると、あまりゆっくりしていられない。さっさと切り上げることとしよう。

「やむなしだな。用件を言ってくれ」

「さっすが先生、話が分かる！」

うんうん、と頷《うなず》く眼鏡と、笑みを見せるチェック柄。次いで、眼鏡の方がA４の紙を取り出し、机に置く。

紙片の上部分にあるのは謎の数式。その下部にあるのは平仮名の羅列。規則正しく並んでいるが、文章の体は成していない。Ｗｏｒｄファイルに改行せず適当に打ち込み続けた、とでも言うべきか。

リーダー格のチェックが口を開く。

「これ、暗号なんですけど」

「見れば分かる」

「解き方が分からなくて、ご教授願いたいなー、って」

再度、Ａ４の紙を一瞥《いちべつ》する。一つの疑問が頭に浮かんだ。

「これ、誰から出された暗号なんだ？」

「末広《すえひろ》さんです。ほら、あの目が悪い」

「知ってるよ」

馴染《なじ》みの二回生だった。かなりのロービジョンらしく、資料を拡大読書器で読んでいる姿が印象的だ。成績も良い。自由記述の問題の解答も適確だ。聡明《そうめい》な学生だ。根が真面目なのだろう。

紙を返し、俺は訊《き》く。

「末広君は何か言ってたか？」

「『私がヒントです』って！」

立ち上がった黒髪を手で制して座らせる。「私がヒント」。なら、答えは単純だ。さして面白くもない。

「大事なのは想像力だ。ミクロとマクロを結び付ける力であり、視点を変えて検討する力」

一拍置いて、俺は続ける。

「上の文字列は数字に変換できることは分かっていると思う。その数字が点字になることも。点字を読むと、出てくる数字は0、1、2、3、6、9。クロック・ポジション。平仮名の羅列の中に一つだけ空白があるから、そこを始点として、最初は3なので三時方向、つまり右。その次が1と2だから12時で上方向。次、0はその地点でもう一度、ということだろう。この法則で解けば意味のある文章が出てくる」

さして難しい暗号でもない。『クロック・ポジション』は物体の位置を時計に見立てて知らせる手法だ。そして、これは視覚障害者への支援にも使われる。「三時の方向にお味噌汁《みそしる》があるので気を付けてください」という風に。

末広の「私がヒント」という言葉は、彼女が弱視であること、即《すなわ》ち、視覚的な障害に関する問題だ、ということだった。

「出てくる文字列は、『社会学的想像力』。ミルズの概念だな」

「先生……。それ、今の数秒で分かったんですか？」

「だからさっき言ったんだろ、想像力が大事と」

黒髪の問いに首肯し、「もういいか？」と問う。アイツはもう、この学部棟の前にやって来ているだろう。

やっぱり先生は探偵の素質がありますよ。そんな称賛を背に受けつつ、俺は大教室を後にした。

　エレベーターを使うかどうか一瞬考え、結局、階段を下りることにする。ここは三階。昇降機の方が早いかとも思ったが、混んでなければ階段の方が早いだろう。それで息が上がるほど年を取ってはいないはずだ。

　四限目の講義の後となると、構内の人影も疎《まば》らだ。

　一から六限目までの時間割の中で、学生に人気なのは二限目と三限目。二限目は一限目ほど早起きせずとも良く、三限目に至っては昼からだ。そして、どちらも早い時間に帰ることができる。

　反対に、不人気なのは一限目と六限目。前者は朝が早く、後者は帰りが遅くなるからだ。「大学の講義なんて九時から始まるのに『朝が早い』だなんて甘えている」という声もあるものの、この私立R大学は大阪や滋賀の実家から通学している若者も多い。住まう場所によっては一時間半、二時間と掛かる。そういったケースは考慮したい。

　そんな立地の大学を選んだ人間の自己責任、という意見も頻繁に聞くが、人には事情というものもある。やむなしなことも世の中にはあるのだ。わざわざ擁護こそしないが、殊更に批判するつもりもない。

それに一限目と六限目の人気が低いのは教授・講師陣も同じだ。誰だって朝早くから仕事はしたくないし、さっさと家に帰りたい。六限目の後、稀《まれ》にある七限目の講義を担当させられると、教鞭《きょうべん》を取る俺だって「あーあ……」という感じで、きっと学生の側はもっと憂鬱だろう。

軽快に階段を下り続け、グランドフロア、出入り口のある一階に辿り着く。

現代社会学部の学部棟であるこの建物は、中二階《メザニン》なのかなんなのか不明な階層が幾つも存在し、ぼんやりと移動していると自分が今、何階にいるのか分からなくなる。待ち合わせには不便な棟だ。

尤も、彼女は外に立っているだろうから、関係はない。

六月の雨がコンクリートを叩《たた》く音を聞きつつ、正面の扉から学部棟を出る。

すぐに見つかった。前と同じく、エントランスの巨大な柱に背中を預けていたからだった。

「姫子《ひめこ》君」

声を掛けると、小柄な少女が顔を上げる。

目深に被《かぶ》り過《す》ぎたフードを少しばかりずらすと、綺麗《きれい》な左の瞳と目が合った。布状の眼帯に包まれた右目も、恐らくこちらを見ているはずだ。

椥辻姫子。その少女を見て、大抵の人間は「不愛想だが可愛《かわい》らしい」という感想を抱くことだろう。しかし同時に何処か幸薄そうな印象を受け取るに違いない。

彼女が有するのは、今にも泡になって消えてしまいそうな、儚《はかな》げな端麗さだ。透き通った白い肌、手入れの手間暇が窺える前下がりボブに、整っているが、まだ色気とは無縁の十四歳らしい横顔。

一つひとつの要素は可愛らしさしかないはずなのに、全体で見ると、何故だか危うい感じがする。何処か、普通の人間よりも死に近いような、そんな。

右目に着けられた眼帯の所為《せい》だろうか？　それとも、その不機嫌そうな表情の所為？　自問自答してみたところで、そのどちらでもないことは分かっているのだが。

彼女の過去を知れば、その儚さはむしろ納得できる。

「……」

姫子は名前を呼ばれたというのに何も言葉を返すことはなく、ただ黙って、携えていた和傘を突き出してくる。

俺が今日、家に忘れてきた傘だ。いつものように。

いつも、こうなのだ。彼女がうちに来て一ヶ月弱。雨の日に俺が傘を忘れると、決まって姫子は迎えに来る。それが自分の仕事だと言わんばかりに。

実際のところ、届けられる俺からすると有難迷惑《ありがためいわく》というか、申し訳ないのでやめて欲しいのだが、有り難いのは確かなので拒否する程でもないし、これが彼女の外に出る切っ掛けになればそれはそれで良い、という思いもあった。そもそもとして、傘を忘れたのは俺の落ち度だ。

ありがとう、と告げ、差し出された蛇の目を受け取る。返答はなし。これも、いつものことだ。

姫子はそのまま黙って正面の教室棟の方に目を遣る。視線の先を追う。

建物前のベンチ。人の姿は、見えない。

少なくとも、俺には。

「誰かいるのか？」

問い掛けると少女はこちらを向き、暫《しば》しの沈黙の後、こう応じた。

「……誰もいない」

「そうか」

この十秒ちょっとが完全な無駄だと分かったところで口を開く。

「姫子君。俺は研究室に荷物を取りに行かないといけない。君は、この建物の事務室に行って待たせてもらえ」

「…………」

「なんだ？」

無表情で沈黙を返すのはやめて欲しい。不快にしてしまったかと不安になる。ただでさえ、子どもの相手なんて苦手だというのに。

ややあって、少女は独り言のような声量でこう返した。

「……すぐなら、ここで待ってる」

得心する。そうか、ベンチを見つめていたのは、座って待てないかと考えていたかららしい。それはそうとして、だ。俺は首を振った。

「駄目だ。事務室にいろ」

「なんで？」

「子どもが一人でいると危ないだろ。事務室なら事務の人間が見てくれる」

「……ここも人通りはある」

「人がいることと、人目があることと、誰かが見ていることとは全く別だ。ゴリラだって注意してなければ見えないさ」

「……？」

「たとえば、どうして昼間のスーパーで万引きができると思う？　万引きは中毒性があるから、犯人側が場数を踏んでて上手《うま》くなっているという要素もあるが、最も大きなファクターは無関心さだ。人間っていう生き物は、用事がなければ他人をじろじろ見ないし、見るのは不躾《ぶしつけ》だとされるんだ」

納得していないらしい姫子。

やむなしだ。解説を続けることにする。

「姫子君。君は眼帯を着けているな」

「……着けてるけど、何？」

「眼帯を着けた子どもなんて珍しい存在だ。これは差別や偏見じゃない。客観的な事実だ。だからと言って、周囲の人間が君を凝視していたら、嫌な気分にならないか？『あの子はどうしたんだろう、怪我《けが》をしたのかな』と勝手な想像をされると、そんな想像をされているのだろうかと想像すると、あまり良い気分にはならないだろ？」

こくり、と頷く少女。相変わらずの無表情だが、僅かに眉間が動いた。身に覚えがあるのだろう。そうでなければ、こんなにも目深にフードを被ったりはしないはずだ。

いや、それこそ俺の想像、か。

「誰だってそれは同じだ。だから社会通念的に、マナーとして、他人を観察するという行為は憚《はばか》られる。居合わせただけの他者に対しては、無関心なこと、あるいは、無関心を装うことが正しいとされる。この事象をゴッフマンという奴は『儀礼的無関心』と名付けた」

この現象は普遍的なものではない。事実、ゴッフマンも「冷戦時代のアメリカの中流階級の礼儀だ」としている。だが、俺の感覚的にも、先行研究的にも、こういった傾向は現代日本社会でも通用すると思える。

随分長々と話してしまった。

閑話休題。

「畢竟《ひっきょう》するに、だ。君がここにいて、周囲に人が行き交っていて、けれど、それは『周囲の人間が君を見ていること』を意味しない。むしろ、大抵の人間は、こんな人通りのある場所で子どもを攫《さら》う奴なんていないだろう、と思っているだろうから、逆に危険だよ」

「…………」

「なんだ？」

「……誘拐されないか、心配してる、ってこと？」

その通りだが、正面切って言われると気恥ずかしくなる。だから俺は、「君に何かあったらおじさんに悪いだろ」なんて返答に留《とど》めておく。嘘《うそ》ではない。その感情も事実ではある。

けれど、無愛想な少女は、無表情のままでこう言うのだ。

「子ども扱いしないで」

その物言いこそ子どもの証左だが、それを茶化すほど大人げなくはない。分かったよ、と適当に流しておく。

子どもは苦手だ。それが女子ならば尚更《なおさら》に。

この少女、椥辻姫子に「幽霊が見える」という噂《うわさ》がなかったとしても、接し方には困ったことだろう。

‡

一条《いちじょう》姫子の話を聞いたのは、確か、四月の初めだった。

いや、彼女が親族である以上、その存在について何度かは小耳に挟んでいたのだろうが、欠片《かけら》ほども認識していなかった。だから、おじさんが「子どもを引き取ろうと思うんだが、いいかな？」と話した時も、犬猫のことだと思い、二つ返事で承諾した。「引き取ろうと思うも何も、ここはアンタの家だろう。居候に許可なんて取る必要はないのに」と考えたものだ。

その、子ども、とやらが、ホモサピエンスのメス、即ち人間の少女であることを知ったのは、それから二週間ほど経《た》った頃だった。

徐《おもむろ》に物置となっていた部屋の掃除を始め、ベッドを買い、勉強机を置き、表札に名前を足した段階で、「どうやら人間の子どもが来るらしい」と気付いた。

遅きに失した感はあったが、一応確認すると、引き取るのはいとこの子だと言われた。俺のはとこに当たる存在らしい。

『おじさん。それはマズくないか？　というか、向こうが嫌だろう』

何が？　という顔で茶を啜《すす》る家主、父方の叔父に当たる人物、石灘漱流《いしなだそうりゅう》に俺は言った。

『俺とおじさんは、甥《おい》と叔父の関係だ。その子とおじさんはいとこの子どもと、自分の親のいとこという関係かもしれない。でも、俺とその子は他人だろう？』

『だから、はとこだよ。私から見ていとこの子、お前から数えて六親等の親族だ』

『法律上はな。体感的にはほとんど他人だよ』

『お前の言うことも分かるよ。だから、お前には許可を取ったし、向こうにも「二十代の居候がいるけどいいか？」と確認した。別にいいそうだ』

『ややこしいな……。家主であるおじさんは奥さんの姓を名乗っているから石灘で、俺は父親の姓だから椥辻で、その子は父親の姓は一条だが母親の姓に変えるから椥辻になるんだな。そして、同じ血が流れていても直接的な血の繋がりはない』

一拍置いて、おじさんは続けた。

『なあ、霖雨よ。社会学をやってる者ならば、そろそろ想像力を働かせて、察してはくれないか？　いくら身内の子といえど、年頃の女の子を引き取る。色々と事情があるんだよ。お前の口癖を借りるならば、やむなしなことが』

親族の子どもを引き取るということ。引き取らざるを得ないのならば、その親族は死亡したか、何らかの理由で養育ができない状況なのだろう。そして、いとこに預ける結果になっている時点で、叔父や叔母といった近しい身内は引き取れなかったか、上手く付き合えなかったのだ。

なるほど。少し考えれば、確かにやむなしな状況だと分かる。

『霖雨。お前は大学が近いからと、ここにいるだけだ。良い大人だし、放り出しても生活できると思う。第一、在学中は一人暮らしをしてたんだから、できないとは言わせない。でも、姫子ちゃんは他に行くところがない。私が断れば、更に遠い親類の所か、施設に行くしかない』

口調はあくまでもフラットだった。悲惨さや痛切さを些《いささ》かも抱かせない、淡々とした言葉。大学教授だった頃と変わらない語り口。

けれど、それは冷淡であることを意味しない。俺と違っておじさんは、情に厚く、熱意を秘めた人だ。

『……分かったよ、おじさん。アンタの言う通りだ。俺が受け入れればいいだけの話だな。そして、それが難しいなら、一人暮らしに戻ればいい』

『分かってくれて嬉《うれ》しいよ。でもそう言わずに上手くやってくれ。あと、勉強も見てくれ。不登校だから教え甲斐《がい》があるぞ』

なんで俺が、と言い掛けて、それもまたやむなしなことか、と納得する。

居候の上に家事もほとんど任せきりだ。同居人の家庭教師くらいは引き受けよう。中学レベルの学問なら復習も必要ないだろうし。

そして、一条姫子、もとい、母親の姓になった椥辻姫子がやって来た。

‡

椥辻の姓となった姫子は、意外にもすんなりと石灘家に馴染んだ。無愛想で無表情ではあったものの、それなりに居心地は良さそうだった。

彼女にとっては、抱えている事情、即ち霊感についてのことや親戚をたらい回しにされたこと等を触れられないだけでも不安が和らいだのかもしれない。そう考えるのは勘繰り過ぎだろうか。しかし、ふとした瞬間に見せる憂鬱な横顔からは、「この人達を信じていいのだろうか」「この人達は私を信じてくれるだろうか」という心情が読み取れるような気がした。

あくまで、気がしただけだ。俺の勝手な想像に過ぎない。

俺は十以上も離れた異性に振れる話題は持ち合わせていないし、そもそもとして世間話の類は苦手なのだが、同じ屋根の下で暮らす居候同士でもあり、家庭教師と生徒という関係でもある。オチもなければ含蓄もない、下手をすれば内容もない、他愛のない会話も必要だろう。

そう考えて、「趣味はあるのか？」という当たり障りのない問いを投げ掛けたのは、一階のダイニングで、姫子の学力を確かめる為に渡したテストの採点をしている時だった。

『……趣味？』

『好きなことでもいい』

『…………』

突如として黙った姫子。沈黙すること十秒間。

もしかして聞こえなかったのだろうか？　なら、もう一度、言った方がいいだろう。

そんな俺の思考を知るはずもない彼女は、やがて、

『……特にない』

と、またぼそぼそと応じた。どうやら考えているだけだったらしい。

俺は、そうか、とだけ返しておく。振っておいてなんだが、ここから先の会話展開は一切考えていなかった。

答案に視線を戻す。解かせたのは国英数の三科目。理科と社会は中学レベルならば暗記でどうにでもなるので、基本の三教科で学力を見ることにした。結果は満遍なく悪い。いや、国語はそれなりにできているか。

『……ねえ』

『なんだ』

『答え、見なくても分かるの』

『ああ、これくらいならな』

芸能人に義務教育レベルの問題を解かせ、珍解答を笑うクイズ番組は、ゴールデンタイムの定番であるが、あの程度の設問を幾つも間違えるのは有り得ないと感じる。余程、部活で忙しかったか、そうでなければ子役時代から仕事が忙しかったのだろう。

使わない知識は忘れていく、という言説も理解はできるのだが、忘れ過ぎだろうとも思ってしまう。学んで得た内容をそう簡単に忘却するものだろうか。

未然連用終止連体已然命令。こ、き、く、くる、くれ、こ、こよ。カ行変格活用。H、He、Li、Be、B、C、N、O、F、Ne。北からEDCBABCDE、日本は主に温暖湿潤と亜寒帯湿潤。やはり、凡《おお》そは覚えている。

俺の疑問に対し、姫子の返答は明瞭だった。

『……勉強してなければ忘れるんじゃないの』

なるほど、そうかもしれない。忘れる、というよりも、元より覚えていなかった、というのが正確なのだ。ならば大人になったからといって答えられるわけもない。

この手の話には決まって「実生活では使わない」という反論が寄せられるのだが、

それについては俺も同意見だった。

学校で教えられる大半の内容は生きていく上で必要のないものだ。役に立つことを重視するのならば義務教育で主に教えるべきは家庭科だ。リトマス試験紙を覚える必要はないが、塩素系洗剤と酸性洗剤を混ぜてはいけないことを理解していないと死人が出る。

採点を続けつつ俺は言った。

『俺は姫子君の勉強を見るつもりだが、学校の勉強なんて、興味がなければやる必要はないよ。良い高校、良い大学に行きたいのなら別だが』

『……じゃあ』

『ん？』

『……必要のない内容なら、どうして学校で教えられるの』

『俺の考えを言えばいいのか？』

首肯する姫子に対し、こう告げる。

『多くの人間の人生には必要のない知識でも、社会にとっては必要不可欠だ。そして、それは知識を持つ人間が必要であることと同義。教室にいる三、四十人の内、数人が興味を持ってくれればそれで良い。興味を持った数人の内、一人が専門家になれば、もっと良い』

畢竟するに、だ。学校で教えられる勉強というのは切っ掛けだ。選択肢を提示する行為なのだ。可能性を広げる為のものなのだ。

だから、俺は興味がないならば学ぶ必要はないと考えている。人生は有限だ。面白く感じない事柄に時間を割く程、余裕はない。俺が研究者をしている一番大きな理由も知ることが好きだからだ。

誰もが何もかもを理解している意味はない。好きな事柄に接し、後は選んだ人生を生きる上で必要な知識を得ていけば、それでいい。足りない部分を補い合えることが人間の長所だ。

マル付けを終えた答案用紙を返そうと顔を上げる。姫子はテーブルに置かれた新聞に視線を落としていた。気になる記事でもあったのだろうか？

今日の朝刊で俺が興味深く思ったのは、ここ、京都市上京区《かみぎょうく》で起こった自殺についてだ。

被害者は四十代の女性。シングルマザーで、小学生の娘と二人暮らしだった。平日の昼間、家の梁《はり》を使って首を吊っている姿を恋人である男性が見つけた。部屋は内側から鍵が掛けられており、死を予期させる内容のメールを恋人に送っていることから、自殺と考えられている……。

故人には悪いが、有り触れた内容のニュースだと思う。現代社会における病理。病死と事故死が著しく減った俺達の国における、人生の終着点の一つ。それが自殺だ。気に留める程のものではなく、その必要もない。

統計上の死はただの数字ではなく、一人の人生の終わりであって、社会問題と向き合う俺達研究者はその事実を忘れてはいけない。が、一般の人々にとっては他人の死でしかなく、それで良いと思っている。他者の心情に共感できることは美徳であるものの、見知らぬ他人の不幸については、ある程度、無関心でいた方が良い。感情移入して得た悲しみに押し潰され、自らを殺すことになりかねないからだ。

日本語には「心を砕く」だなんて言い回しがあるが、心配や配慮をし続けた結果、心が砕け散る人間は珍しくない。

本来ならば気に留めるような報道ではない。しかし、俺は気になっていた。ある違和感を覚えたからだ。

さて、姫子はどうだろう。何か思うことがあったのだろうか。

『どうした？』

試しに問い掛けてみると少女は「何もない」と小さな声で応じ、次いで、すぐに新聞記事を閉じてしまう。何かある人間の行動だが、深く問い詰めるようなことでもない。何もない、と言うのならばそれでいい。世間話のネタの一つが失われただけだ。

『勉強の続きは昼食の後にしよう』

こくり、と姫子が頷いたことを確認して立ち上がる。

同居人と過ごす日々、新しい日常はまだ、探り探りだった。

‡

教員研究室棟の四階、「栁辻霖雨」という名札が付けられた研究室。その扉を開けると、壁紙にこびり付いた煙草《たばこ》の匂いが廊下に溢《こぼ》れ出《だ》した。

手狭な長方形の部屋は、両サイドに天井まで届く本棚がある所為で更に狭くなっている。スチールラックに納まり切らない本は中央の長机とパイプ椅子、そして、奥の仕事机の脇に重ねて置かれており、書籍への敬意を犠牲にすれば踏み台代わりにも使えそうだ。

自然科学系の研究者はどうか知らないが、社会科学の人間の研究室は皆、似たり寄ったりだ。整理整頓されているか否かという違いはあるものの、論文や参考文献で溢《あふ》れている点は変わらない。この文字と数字に塗《まみ》れた空間で、俺達は研究を行い、レジュメを作り、卒論指導をする。

ただ俺に関しては、こんな煙草臭い研究室で話を聞かせるのも悪いと思い、学生と会う際には教室を取ったり、一階の共用応接室を使ったりするので、人を入れるのは稀だった。

「適当に腰掛けてくれ。すぐ帰る準備をする」

パイプ椅子にちょこんと腰掛けた姫子を後目《しりめ》に、持って帰って目を通そうと思っていた学生からの質問と、大した内容もない教授会の回覧物をボックス型のリュックサックに入れる。

そうして、一服しようとピースを取り出したところで、来客の存在を思い出して、よく見れば空だった煙草の箱を握り潰し、ゴミ箱へと放り込む。

ぼんやりと視線を漂わせていた姫子が言った。

「……煙草、吸わないの？」

「ああ。吸わない」

「なんで？」

「子どもの前だからな」

口にしてから、これは反発されるな、と気付き、次いで「子ども扱いしないで」という言葉が返ってきた。予想通り。お子様は面倒だ。

「相手が子どもじゃないとしても、吸わない相手の前で煙草を吸うのは、あまり褒められたことじゃない。せめて許可は取らないと」

「……私は気にしないから」

「でも、早く帰りたいだろ？」

「……用があるわけじゃないし、一本くらいなら待つ」

「ピースだから長いぞ」

無表情のまま小首を傾《かし》げ、姫子が問う。

「ピースだと長いの？」

「普通の煙草よりは長い」

机の引き出しから新しい箱を取り出し、封を切る。両切りの紙巻の片側を潰し、咥《くわ》えて火を点《つ》ける。ゆっくりと吸い込み、腔内《こうない》で味わい、紫煙を吐き出す。

格好付けて吸い始めたというのに、今やなくてはならないものになってしまった。

その様子を見ていた少女は、唐突に、

「ここは、禁煙じゃないの？」

と、厳しい質問を投げ掛けてきた。

大学内の喫煙所はあと数年もしない内に廃止される。そうすれば構内は全面禁煙だ。教室棟一階に設けられた保健センターには禁煙外来ができるらしい。社会の流れとは言え、喫煙者には厳しい時代になった。

そして、数年を待つまでもなく現在進行形で、建物内は原則禁煙である。

どう答えるか悩んだが、俺は「暗黙の了解ってやつだ」と応じておく。退官間近の先生も研究室で吸っているので、まあ、大丈夫だろう。処罰されることになれば粛々と受け入れるまでだ。こちらが全面的に悪い。

聡明な少女は事情を理解したらしく、それ以上、追及してくることはなかった。

「……ねえ」

「なんだ」

ショートピースを半分ほど吸った頃だった。

「あなたは……気持ち悪くないの？」

言葉を紡ごうとして失敗し、言《い》い淀《よど》み、視線を彷徨《さまよ》わせ、その末に口にしたのは、そんな問いだった。

一瞬間、意味を図りかね、煙草のことかとも思ったが、深刻そうな表情から察するに、ピースの話ではないだろう。

多分、そう。彼女が言っているのは、一条姫子に関する噂についてだ。

聞くところによると、彼女は人の魂が見えるらしい。所謂《いわゆる》、「幽霊」というやつが。親族の中には、その噂を聞き、気味悪がる者もいるそうだ。おじさんが引き取ることになった背景にはそういう事情もあるという。

どう返答するか考えつつ、息をゆっくりと吐き出す。

「気持ち悪い、っていうのは、幽霊が見えるとか、そういうことについてか？」

「……うん」

不安の所為か、一層に儚さが増した横顔に、俺はこう返す。

「なんで俺が、そんなことで気持ち悪がらなきゃならないんだ？」

「でも、みんなは」

「俺はその、みんな、とやらじゃない。他人なんて知るか。俺は、俺の価値観で物事を判断する。お前に事情があったとして、それで俺に何か、不都合があるのか？　ないのなら、どうでもいいことじゃないのか、そんなことは」

少女にとっては一大事でも、俺にとっては他人事《ひとごと》。

残酷だが、それが事実だ。

そして、世界のほとんどはそういう図式になっている。

呆気《あっけ》に取《と》られた風の姫子だったが、やがて「信じてないってこと？」と、再度質問してくる。まるで分かっていない。

「信じているかいないかで言えば、まあ、半分だ。半分信じているし、半分は信じていない。幻視や幻聴の類かなと推測する一方で、『本当に俺には見えないモノが見えているのかもしれない』とも思っている」

一拍置き、続ける。

「俺の後輩に鞍馬《くらま》っていう奴がいる。ソイツは人の感情が見えた」

「……感情が？」

「ああ。怒ってるな、とか、悲しんでるな、とかが分かったし、『何故その感情を抱いているのか』さえ説明できた。しかも、ほとんど的中していた。でも、それはＳＦやオカルトの話じゃない。過度激動特性《Overexcitabilities》と呼ばれる生まれ持った性質の結果で、感受性が並外れてたんだ。察する、や、空気を読む、みたいな能力が異常なまでに高くて、人が無意識的に発する微細なシグナルを読み取って、感情を理解してたわけだ」

脳科学的にはミラーニューロンの異常発達になるのだろうか。良く分からないが、分からないことは分かったし、それが重要だった。

「私もそうだってこと？」

「違う。四色型色覚だとかシャルル・ボネ症候群だとか、適当で良ければ科学的な解釈は幾らでも付けられるが、そんなことはどうでもいいんだ。いいか？　大事なのは、俺は、お前のことは分からないということだ」

そう、分からない。

「分からない」ということを認めることから全ては始まる。

他人は自分ではない。だから違う。だから分からない。

それを認識した上で共同して生きていくのが社会であって、根拠もなしに「他の人も同じように考えているだろう」と思うのは思考停止に過ぎない。そして、差異を無視して同化させようとするのは、傲慢であり横暴だ。

「お前に何か見えたとする。けれども、他の大多数は、お前の言う、みんな、とやらは『何も見えない』と言ったとする。だからと言って、お前が間違っているということにはならない。多数決は事実判断に使う手法ではない。そんなものただの多数派論証だ。存在するのは、『お前は見えた。周りは見えなかった』という事実だけだ」

「……じゃあやっぱり、私がおかしいんじゃないの？」

「お前の言う『おかしい』がどういう定義か分からないからなんとも言えないが、周囲と違う、という意味ならば、確かにおかしい。でも、繰り返しになるが、それによって俺に不都合があるのか？」

「気持ち悪いでしょ？」

「ああ、分かった、分かった。俺の説明が足りなかったな」

紙巻を灰皿に押し付けて、俺は言ってやる。

「俺はそもそも、他人は違う世界で生きている、という認識なんだ。違う景色を見て、違う常識を持っていて、違う感情を抱いている。他人ってのは、そういうものだと考えているんだよ。だから、『地獄とは他人のこと』なんだろう？　お前の言い方を借りれば、俺にとっては他人なんて最初から気持ち悪いんだ。自分と違う存在だからな。でもそれを踏まえた上で、一緒に生きていくのが社会であって、人間関係だ。だから俺達は法律や科学や宗教、あるいは言葉を使って、その差異を乗り越えようとする」

「……元々、人間はそれぞれ違うから、私に何が見えていようと関係ない……。そういうこと？」

「まあ、そうだ。『お前は見える。俺は見えない』。事実はこれだけだ。なら、問題はその差異をどうするかだろ。どうやって生きていくかだ。でも直接的な被害があると話が変わってくるから、最初に訊いたんだ。それで俺に不都合があるのか？って」

オカルト漫画のように俺も呪われたりするのなら、付き合いを考えることもあるだろう。けれど、そうではないのなら、気にするほどのことでもない。人と人が付き合っていく以上、違いがあるのはやむなしだ。

もしも、彼女が何かを見て、あの道は通りたくないと言うのならば、帰り道くらいは幾らでも変えよう。そんなことは「姫子がお風呂に入る八時から九時の間は浴室に近寄らない」という決め事と同じ程度の、当然の配慮だ。一服させてくれた礼として、喜んで気を使う。

時計に目を遣る。講義が終わってから三十分近くが経過していた。話し過ぎだ。

「君も予定があるだろうに、長々と悪かった。いい加減に帰ろう」

そう言って立ち上がり、ヒューズボックスを背負って扉へと向かう。

けれど、姫子は一向に動こうとしない。何か機嫌を損ねることを言っただろうか。少しばかり熱くなっていたから口を滑らせたかもしれない。

憂鬱になりながら少女の方を見る。

姫子は、小さく肩を揺らし、笑っていた。

「あなたって、ちょっとおかしいね」

少女が初めて見せた感情に、その年相応の可愛らしい笑顔に、またも俺は気恥ずかしくなって、「誉《ほ》め言葉として受け取っておくよ」とだけ返すことにした。

こういうところが苦手なのだ。子どもも、女子も。

‡

東門を出ると、学生向けの飲食店が立ち並んでいる。郵便局のある交差点を越えて、西大路《にしおおじ》へ。平野《ひらの》神社の脇を抜け、北野天満宮《きたのてんまんぐう》の裏側の路地を行く。雨降る六月、梅雨の道を、居候二人が傘を並べて歩いていく。少女を置いていかぬよう、歩く速度に気を付けながら。

会話は、ない。沈黙を気まずく思う類ではないので構わないのだが、仮に話そうとしても、何の話題を振ればいいか分からない。

自分が中学生の頃はどんな話をしていただろうか。今の子どもは、どんな会話をするのだろうか。疑問に思うと同時に、きっとコイツはまた、子ども扱いしないでと文句を言うんだろうと想像し、小さく笑みを溢す。そう言えば俺も子ども扱いされるのは嫌だった気がする。

上七軒《かみしちけん》の石畳に辿り着いた辺りで、馴染みの喫茶店にでも寄ろうかと考えるも、時間が時間なので、やめておく。またの機会にしよう。その時にはこの小さな同居人に甘いものでも奢《おご》ってあげよう。

きっと、今日話したことは、俺にとっては他人事でも、彼女にとっては切り出すのにとても勇気がいることだっただろうから。

西陣《にしじん》にあるおじさんの家までは後五分ほど。雨も降っているしバスを使えば良かったかな、と今更過ぎる感想を抱き始めた頃、姫子が足を止めた。立ち止まり、街の一角をジッと見つめていた。

視線の先にあったのは古風な一軒家だった。京の街並みに馴染むその家は、町屋風と言えばいいのか、それとも、町屋を改装した家屋なのか。京都では頻繁に見掛けるような、通りに面した小さな家だ。

騒動からはしばらく経った為、野次馬やマスコミの姿は見当たらない。警察もいないようだ。居住者が自殺したという曰《いわ》くが付いた以上、次の住人が入るのは先になるだろう。これを機に取り壊しになるかもしれない。

人の姿は見えない。少なくとも、俺には。

「……誰かいるのか？」

問い掛けに、姫子は小さく頷いた。一応、目を凝らしてみるが、やはり俺には何も見えない。

「気になるのか?」

「……うん……」

相も変わらずぼそぼそとした、独り言のような声量の返答だ。気味悪がられるかもしれないという心配がまだあるのだろう。心の傷は身体《からだ》のそれより治りが遅い。他人に傷付けられたものなら尚のこと。

だから、というわけでもないのだが、俺は言った。

「奇遇だな」

「…………え?」

「俺もだ」

お前が何を見ているのかは知らないが、気になるという点では同じだった。

多分、この事件は自殺じゃない。

自死と殺人

……はい、この辺りで終わるとキリが良さそうですね。今日はここまでにしておきましょう。

時間が余ったので、残り二十分弱は雑談でもして潰しましょうか。

今からする話はテストにも出ませんし、あくまでも雑談なので、ソシャゲの周回でもしながら聞いてください。ああ、退室しても構いませんよ。その場合は出席カードの提出を忘れないように。

多いんですよね。期末になって、「この日、実は出席してたんです」って言ってくる方が。そう言われても、こっちとしては配布している用紙で出欠を確認しているので、名前がなければどんなに講義を真剣に聞いていても欠席扱いです。気を付けてください。皆さんの名前と質問が書かれた紙束、講義ごとに確認しているんですよ？　百人もいれば藁半紙《わらばんし》でも結構な厚さになるんですが、それでも全て目を通しています。

逆に、教室におらずとも、こちらが出席カードさえ確認すれば出席になります。あまり深くは触れませんが、そういうことはやめてくださいね。真面目に出ている人が可哀想《かわいそう》ですから。

とにかく、出席カードの提出は忘れないように。あと、名前書くのも忘れないでくださいね。高校までとは違って大学では名前を呼ばれる機会も少なくなりますし、正直、僕達も皆さん全員の名前は覚えられません。名前にせよ、学生番号にせよ、書き忘れたり、間違えたりしても、僕にはどうしようもありません。ですから、書類の記入だけは間違いないようお願いします。

さて、ここは社会学部で、これは社会学概論の講義なわけですが、この『社会』ってなんだと思いますか？

社会科学にありがちなのが、一つの単語に、複数の意味があることです。歴史的背景、学問的解釈と言い換えることもできます。

例えば「価値」という言葉。「価値がある」という風に使われた場合、それは「稀《き》少《しょう》である」、ひいては「多額の金銭に換算できる」という意味合いでしょう。対義語は当然、「価値がない」です。お金にならない、ということですね。ですが、倫理や刑法の世界では、「価値」とは「良い性質」のことです。対義語は「反価値」「無価値」となります。

社会学の場合は……そうですねえ。デュルケーム的な、「行為者や集団にとって『望ましい』と共有され内在化された概念」。

要するに、普通の言葉で言うところの「常識」とか「価値観」であることが多いでしょうか。

このように、同じ言葉でも文脈によって複数の意味がある、というのが社会科学、特に社会学のスタンダードです。ですから、僕達研究者は、「注釈一。ここでの『貧困』は『相対的貧困』を指す」なんて、一々書くわけです。そうしないと話が通じなくなってしまうので。やむなしですね。

ここに訳語の要素が入ってくると更にややこしくなるんですが、流石《さすが》に本筋から逸《そ》れ過《す》ぎるのでやめます。雑談の本筋ってなんだ、って感じですけどね。

話を戻して、僕は初めに、「『社会』って何？」という質問をしました。これは非常に抽象的です。だって、「社会」って言葉は様々な概念を内包してますから。色んな先生に「先生の『社会』の定義を教えてください」と訊けば、千差万別な答えが返ってくると思います。

この話題は長くなりますし、それだけで論文が書けてしまうような事柄ですが、あえてその部分を曖昧にしたまま、問いを変えます。「『社会』って、何人から成立すると思いますか？」。

ゲゼルシャフトでもゲマインシャフトでも構いません。皆さんが想像する『社会』という概念は、最低、何人ですか？

ゼロ人、という答えは有り得ないと思います。何故ならば、社会とは本来的に人間が造るものだからです。自然にないモノである以上、「人が存在せず、社会は存在する」ということは有り得ない。……と、僕は思います。

ああ、猿や虫の集まりを「社会」と呼ぶ場合においては人間の有無は関係ありませんね。失礼しました。構成員、と言い換えましょう。「社会が存在し、構成員が存在しない」という状況は有り得ない、ということです。

じゃあ、一人から？　人が一人いれば、『社会』と言える？　そう思う方は手を挙げてください。大丈夫です、当てません。

……ああ、意外といますね。ありがとうございます。

なら、一人じゃ駄目だよ、二人はいないと、と思う方。

……なるほど。ありがとうございます、手を下げてください。

それじゃあ、三人という人は？

……はい、ありがとう。今までで一番多いかな？

それ以上、五人や十人、あるいは百人、千人、一万人必要だよ、という人。

……ありがとう。ちらほらとはいますね。

この問いは社会学でも答えは決まっていません。決まってないと思います。うん、多分、決まってません。……決まってたら、後でこっそり教えてください。

さて、生物学では少ない学説で百人、多くても二百人いれば、社会の存続が可能だとされます。種の繁栄という側面から見た視点ですね。また、生態学ではバイオスフィア2の実験から、「十人未満の生活は難しい」と結論付けられることがあります。

では社会学の場合はどうかと言うと、「二人から」と「三人から」が有力です。前提として、『社会』という概念には「相互に交流する」や「結合的に連帯する」という意味を含むことが多いので、一人では社会にならない、と。

なら、なんで「二人から」と「三人から」で意見が分かれるのか。

二人が存在する場では、話し合いができる。そこに『社会』は存在する。これが「『社会』は二人から成立する」という意見の根幹です。

では、二人では駄目で、三人からだと主張する人は、何故だと思いますか？

気付いた人もいそうですね。そうです、二人だと多数決ができないんです。意見が対立した場合、話し合いで解決できればいいんですが、それができない際の手段、多数決が二人の社会じゃできない。賛成一と反対一で永遠に平行線です。でも、三人ならば多数決ができる。だから、「『社会』を造るには三人が必要だ」と言う。

ちなみに僕は一人でもいけるかな、と思っていて、何故ならば、人が一人いれば、そこには文化や価値観が生まれるからです。些か孤独な社会ですけどね。三人いれば政治ができる。二人であっても対話ができる。一人だとしても認識ができる。そんな感じです。

……時間が来ましたね。では、今日の講義はここまで。中間課題のあれ、えーっと、「講義で取り上げたいずれかの社会学者を選び、その概要を説明しなさい」の締め切りは来週なので、忘れないように。

‡

一条姫子、もとい、椥辻姫子がやって来てからというもの、俺の担当する家事は更に少なくなった。まだ十四歳だというのに、姫子は料理ができるのだ。どうも女子というやつは家事に強いものらしい。完全に偏見だ。

けれど実際、俺の知っている女子は大抵、家庭料理くらいはこなせた。尤もそれは「女であれば家事はできなければならない」という社会の空気の結果かもしれないが。できなければならないかは別として、できた方が異性にウケが良いのは確かだ。俺の個人的な感想ではなく、女性誌がやっているアンケートでも社会学者が行う統計でも大抵はそういう結果になる。

学生ならスポーツをやっている男子、社会人なら年収の高い男が人気であることと同じようなもの。そうでなければならないかどうかは知らないが、そうである方が都合は良い。

朝の九時過ぎ。

今日は講義もないからと遅く起き、一人で朝食を食べている際にそんな話をすると、姫子は「あなたの方が料理は上手い」と呟《つぶや》く。それは当たり前だろう。こっちが何年生きてると思ってるんだ。

現役中学生の少女はダイニングテーブルで問題集をやっている。朝からご苦労なことだ。俺が中学生の頃は勉強なんてほとんどしなかった。

目を遣る。社会科。地理の問題。ボーキサイトの輸入先について。

「イのオーストラリア」

「……なんで？」

「なんでも何も、オーストラリアではボーキサイトが多く採れるからだ。だから日本への輸出量も多くなる」

「……それだけ言われても、覚えられない」

「オーストラリアは地面が赤いイメージがあるだろ。ボーキサイトはオレンジ色だろ。それで覚えればいい」

その赤い土壌はラテライトと呼ばれ、熱帯及び赤道周辺に多く存在しているが、それは中学レベルでは覚える必要のないことだ。興味があれば学べばいいこと。知らずとも、生きていく上では何も困らない。

知識、とりわけ「教養」と呼称されるものは、なかったとしても不便はない。教養という概念は相手の社会階級を探る為に使われることがほとんどだからだ。ハビトゥスの一種だ。これは学説ではなく、俺の持論だが。

朝食ではなくブランチになってしまった食事を終え、食器を洗い始める。冷蔵庫のホワイトボードには「石灘漱流：外出、戻りは遅い」との文がある。おじさんはお出掛けのようだ。

早期退職して毎日好きなように生きるなんて、中年の理想を体現しているな、など独《ひと》り言《ご》つ。その下、栁辻霖雨の項目は空白。更に下部、姫子の欄も真っ白。お家組《うちぐみ》はどちらも予定なしらしい。

さて、何をしようか。

このまま流れで勉強を見ても良いし、自宅でできる仕事をするのも悪くない。録《と》り溜《た》めてある映画を消化してもいい。

皿を乾燥機に入れながら姫子の方を見る。新聞をテーブル一杯に広げていた。

どうやら社会科の勉強は終わったらしい。

それとも、時事問題対策だろうか？

「……ねえ」

こちらを見ぬまま、声を掛けてくる。なんだ？　と返すと少女は振り返り、左目を細めつつ、こう続けた。

「……あの事件、自殺になってる」

「あの上七軒……旧七本松通《しちほんまつどおり》の首吊《くびつ》りの話か？」

こくり、と頷く姫子。さらさらとしたボブの黒髪が揺れた。改めて見ると市松人形みたいだ。こんな綺麗な顔立ちのものは、京都の老舗にもそうはないだろうが。

「自殺じゃないんじゃなかったの？」

「それは俺の感想であって、事実かどうかは別だ」

俺も記事は見ていた。自殺の根拠は密室であったことと、メール形式だが遺書があったこと、索状痕が一つであったこと。

最後の根拠は強い。首吊り事件が起こった際、警察がまず調べることが索溝、首が絞まった痕だ。索状痕や索溝が二つあるならば、他殺を疑うべきだ。首を絞められた痕が二つあるということは、「何者かに絞殺された後、首吊り自殺の偽装の為に吊るされた」という可能性を意味するからだ。

姫子は記事に視線を戻し呟く。

「……自殺ってこと？」

「違う」

冷蔵庫の扉を開けて、ミネラルウォーターで喉を潤す。

「俺の意見が正しいかどうかと、新聞記事が正しいかどうかは、全く別の、独立した問題だ。まさか新聞に書いてある内容は全て正しいと思ってるんじゃないだろうな、君は。大間違いだぞ。人の手が介入するからには常に完全に瑕疵《かし》なく正しいことは有り得ない。ミスもあれば、主観も入る」

何よりマスメディアも商売なのだから、スポンサーの不祥事については責めにくく、加えて各社ごとに報道理念が存在する以上、中立は有り得ない。故に新聞は複数取って内容を見比べるのが望ましいとされる。実際、この家にも主要新聞社三社の新聞が来る。たまに共産党のそれも来る。

「その新聞は自殺だと思った。警察発表をそのまま記事に起こしたのか、関係者から話を聞いたのかは分からないが。ともかく、自殺だと思ったから、そう書いた。でも、俺は自殺じゃないと思ったから、『自殺じゃない』と言った。事実はそれだけだ」

「……どうして、あなたは自殺じゃないと思ってるの」

「なんとなく、珍しい気がしたからだよ。深い理由はない」

自殺したのはシングルマザー。小学生の子どもと暮らしていた。

その日、彼女は交際していた男性に死を予期させるメールを送信していた。心配になった男性が家を訪れるも、部屋には鍵が掛かっていた。まさかと思い、建物の裏側に回り込み、高窓から中を覗《のぞ》くと、垂れ下がるロープが見えた。男性はすぐに警察に通報。近くの人間の手を借りて、扉を抉《こ》じ開《あ》けた。そうして入った室内で、首を吊った女性の姿を見つけたという。

なお、子は別室にいたところを保護されている。

「……変なところはないと思う。可哀想だとは、思うけど……」

言って、顔を伏せた姫子に対し、続けるべきか悩み、結局、簡潔な所感のみを伝えることにした。

「鍵を掛ける意味が分からないだろ」

「……え？」

「だから、なんで鍵を掛けてたんだ？　自殺するのに、鍵掛ける必要あるか？」

「それは……。邪魔されたくなかった、とか？」

「なら、交際相手にメールなんて送らなければいいだろう。恋人へのメッセージを残したいだけなら、書くだけ書いて、送信しなければいい」

「子どもは家にいたんだよね。なら、その子に死ぬ姿を見せたくなかった、とか……」

「なら、外で死ねばいいんじゃないか？　そうすれば子どもはショッキングな光景を見ずに済むし、邪魔もされない。一石二鳥だ」

尤も、とダイニングテーブルの席に戻りつつ、俺は続けた。

「自殺する人間の心情なんて分からないから、こんな指摘は揚げ足取りも良いところだが。追い詰められた人間が合理的な判断を下せると考える方が無理筋だし、現実を見ていない」

人は死ぬ。死ぬ時は、簡単に。他殺でも、自殺でも。

さっき笑っていた人間が、一時間後に死んでいない保証はない。死を予測することなどできない。他殺なら当然のこと。けれど、自殺でもそうだ。

どれほど心の内で苦しんでいようと、それを周囲が気付かなければ、それまで。唐突な死となる。そして、自死の兆候を読み取ることは容易なことではない。精神科医であっても難しい。

人の心とは、目に見えぬものだから。

「姫子君。君も、気になると言っていたはずだ。それはどうしてだ？」

「それは……」

言い淀む姫子。

ひょっとして、まだ気味悪がられると思っているのだろうか。幽霊だとか霊感だとか、そんな話になってしまうから。

ならば無理強いはするまい。所詮はただの雑談だ。

そう決めた直後、少女は口を開いた。

「……言ってたから。あそこにいた、小さい子が」

「君が見た子どもは、何を言っていた？」

「……『お母さんを助けて』、って……」

『助けて』。助けて、か。どちらとも解釈できる物言いだ。

誰かに狙われているから助けて欲しいと言ったのか、それとも、自死を選ぶほどに逼迫《ひっぱく》した状況を見て、そんな言葉が出たのか。あるいは。

見えず、聞こえない俺には、細かなニュアンスは分からない。姫子にも分からないのだろう。

少女は俯《うつむ》き、その黒い瞳を隠していた。

「……ねえ」

「なんだ」

顔を伏せたまま、姫子は問う。

「あなたは、凄く賢い人なんだよね」

「賢い、がどういう意味が分からないが、高校時代の偏差値と学歴は平均以上であることは確かだ」

「それで、偉い人……だよね？」

「どうだろうな。職業威信スコア的には上位と言えるが」

なら、と少女は続ける。

無表情を保ったまま、けれども、その大きな瞳を潤ませて。決して逸らすことはなく、俺を真《ま》っ直《す》ぐに見つめて。精一杯の勇気を振り絞るかのように。俺には見えぬ誰かの心情を、代弁するかのように。

「この事件を……調べて。明らかになっていない真相があるのならば、解き明かして欲しい。力を貸して欲しいの。私じゃ何もできないだろうし、何か分かったとしても、誰も聞いてくれないけど、あなたなら違うと思うから……」

「……解き明かして、どうなるんだ？　いや第一、他人の話だろう。他人事だ。それなのにお前が助けたいと思う理由はなんだ？」

「理由は……ない」

「ない？」

「うん……。放っておけないだけ……。しかも、あなたが協力してくれたとしても、何も返せない……。それでも、」

少女は頭を下げる。

深く、深く。

普段頼まれるような取り留めのないお願いならば、なんで俺が、と返した。

けれど、今ばかりは言えなかった。

それほどまでに痛切で、必死な懇願だった。

深い理由はない。それは紛れもない本心なのだろう。死者の一人や二人が救われたところで彼女に得はない。ただ悲しいと思うから、どうにかしたいだけ。助けたいだけ、放っておきたくないだけなのだ。

あるいは、助けを求める声を無視し、耳を塞ぐことを恐れているのかもしれない、とも思う。他者の不幸を知らぬふりをすれば、自らの心の最も大切な部分が少しずつ、静かに、しかし着実に、擦り減っていく。それは大人になることだとも言えるが、まだ子どもである彼女は、他人事を他人事と思わず、思いたくないのだろう。

「姫子。お前は、自殺じゃないと思うんだな？」

「……うん。人は死んでも、すぐに消えてしまう。それが普通。思念が残り続けるってことは、それだけ強い想《おも》い、無念があったってこと……」

「なるほど。だが、好き好んで自殺をするような人間はごく少数、というのが俺の持論でな。大半の場合は、命を絶つしか選択肢がない、あるいは、そう思うくらいに追い込まれているだけ……。言わば、周囲や社会によって殺された被害者だ。無念があるのは当然だと思うが」

「うん、言っていることは分かる……。でも、あそこにいたのは、自殺したお母さんじゃなくて、その子みたいだったから……。だから、」

「だから、ただの自殺じゃなく、何かがある、と？」

幽霊云々《うんぬん》は分からないが、昨日と同じく、奇遇だ。

俺も同じ意見だった。

「俺は大学の教員で、研究者だ。刑事でも探偵でもない。隠された真実なんてものがあるとしても見抜けるとは限らないし、お前の直感や感想が正しいという根拠は何処にもない。そもそも、謎を解くことに意味はない。事件が起こってしまっている以上、本質的に手遅れだ」

「……分かってる。でも、」

「分かってるならいい」

言葉を遮り、告げる。

「言っただろう？　俺もこの事件は気になっているんだ。なら、調べてみるのも悪くない」

「……！」

「勘違いするなよ？　推理小説の探偵役の真似事をしたいわけじゃない。お前に何か言われたからでもない。自殺や犯罪を研究テーマにしている人間として気になっただけだ。気になったから、少し調べてみるだけだ」

やむなしだ。そう、やむなしなことなのだ。

研究分野の事例と知れば頭から離れないことも、泣きそうな子どもの願いを無視できないことも。

そう自身に言い訳しつつ、俺はそっぽを向き、姫子の視線から逃げる。

過剰に期待させるのも悪いし、何よりも、気恥ずかしかったから。

現場は京都市上京区。今出川通《いまでがわどおり》の上七軒交差点から千本釈迦堂《せんぼんしやかどう》まで延びる道、旧七本松通にある、小さな一軒家だ。俺の通勤路のすぐ近くでもある。大学帰りに角のコンビニを利用することも多い。

事件発覚当時の様子は鮮明に思い出せる。何せ、毎日のように通る道から見える場所での出来事だ。日本が年間二万を超える人間が自殺する自殺大国だとしても、ここまで近所で起こることは珍しい。俺が自死の研究をしている事情もあって、面白く感じてしまった。

面白い、と言うと語弊も招くため、興味深く思った、と表現するべきだろう。

一般に手に入るような資料は一通り揃《そろ》っている。一先《ひとま》ずは情報の整理だ。部屋からスクラップブックを持ってくる。そうして、同じく持ってきた付箋を、今回に関係する内容の記事が貼ってあるページに付けていく。

「……普段から、そんな探偵みたいなことやってるの？」

「研究の一環だよ。論文には出典を明記できない内容は書けない。だから、興味深いと思った内容は常に書き留めるようにしているし、いつか使うかもしれない記事は切り抜いて保管しておく。卒論の時、苦労したからな」

面白い学説を読んだ記憶はあるのに、それを何処で見たのかを思い出せない。思い出せないから引用もできない。結果、本棚の参考書や講義で貰《もら》ったレジュメを漁《あさ》り続《つづ》ける羽目になる。ごく一般的な卒論執筆中の大学生の姿だ。

「……コーヒーでも淹《い》れる？　それとも、探偵なら紅茶？」

無表情のままの揶揄《からか》いの言葉には、シャーロック・ホームズのことを言っているのなら原作ではコーヒーを飲むシーンの方が多い、と返しておく。

「それに、お茶を淹れる必要はないよ。出掛けることになるかもしれないからな」

「え？」

「この事件が気になっていた理由は幾つかある。自殺を研究しているからというのもそうだし、近所で起きたからというのも一つだ。でも、大きな理由は、知り合いが関係していたからだ」

「被害者の人を知ってたの？」

首を振り、否定する。

「知り合いだったのは被害者じゃない。第一発見者だ」

「……被害者の恋人の男ってこと？」

「それも違う。さっきも言ったように、扉には鍵が掛かっていた。その扉を開ける為に協力した奴が、俺の知り合いだった。大学時代のな」

「……凄い偶然」

「そうだな。偶然、と言いにくいところもあるが」

「……全然分からない」

無表情のままそっぽを向く姫子。やむなしなことだ。

彼女があそこにいたのは偶然ではないが、あの事件に居合わせたのは偶然かもしれない。理解してもらうには順を追って説明するしかない。

それか、当人に訊くか。

買ったばかりのスマートフォンに目を落とす。返信あり。

メールには「昼からなら行けるよ」との文言。気楽な仕事だな、と独り言を溢す。

今は平日の真っ昼間。大抵の労働者は真面目に働いているというのに。

気楽なのは俺も同じか。そう思い返す。一般の人間から見れば、大学の教員なんて働いていないようなものだ。

実際、俺達は好きなことをやっているだけ。その好きなことが、たまたま研究であって、その有用性が認められたから、「先生」だなんて大仰な呼び方をされているに過ぎない。同じ「先生」と呼ばれる存在でも、業務量は残業ばかりの中学や高校の教師とは雲泥の差だ。

いや、俺が普段やっているような事柄、例えば年次経済財政報告を調べたり、調査票を作って統計を取ったり、あるいは当事者に会って質的研究を実施したりするようなことは、人によっては重労働なのかもしれない。

結局、向き不向きが関係している事柄は一概には言えないのだろう。何事であってもだ。

「姫子君。俺の知り合いの事件関係者は昼からならば時間が取れるらしい。喫茶店での話になるが、一緒に来るか？」

黙ったまま、少女はこくりと頷いた。俺が言えた義理ではないが、姫子も飲食店で働くのは無理だろう。

俺と同様、愛想が足りない。

‡

今日も天気は雨だった。長雨の京都。何日にも亘《わた》って降り続ける雨のことを「霖雨」と呼ぶ。俺の名の由来だ。

小学校の頃、「自分の名前の意味を調べる」という授業があった。その時、父に聞いた話では、俺は相当な難産だったそうで、母体、つまり母親も生きるか死ぬかであったらしい。

俺が生まれ、母も無事と分かって、いたく喜んだ父は、子どもの為に命を懸けた母と、妻と息子を守ってくれた神仏への感謝の想いを込めて、生まれた時の情景を名前に付けた。産気づいてから出産するまで、ずっと降り続いていた雨の様子を。

だから、「霖雨」。

良い名前と感じるかどうかは人によるだろうし、成り立ちから見た漢字の意味は白《しら》川静《かわしずか》大先生にでも訊かなければ分からないが、俺は気に入っている。難産云々の親子の感動エピソードはともかく、単純に雨が好きだからだ。

それが理由というわけではないが、俺と姫子は懲りずに雨の街を歩いていた。

先日の反省を踏まえ、市バスを使うか？と提案したものの、「別にいい」の一言で移動手段は徒歩に決定した。年下の女子が「歩く」と言っているのに、わざわざバスを使うのも馬鹿らしい。

この小さな淑女がヒールでも履いているのならば俺が乗りたいからと押し切るところだが、そんな配慮が必要な年齢でもないだろう。

今出川通を二十分弱歩き、事件現場近くの交差点を北西に入る。上七軒の右手にある喫茶「ふくい軒」が目的地。行きつけの店、というやつだ。

なお、店長が福井出身というわけではない。

引き戸を開けると、カウンターのおばさんが「あら先生、いらっしゃい」と声を掛けてくる。瓦屋根の建物だが、中身は洋風のカフェだ。

奥のテーブル席に腰掛け、メニューを手に取る。

ちょうど昼時。俺は朝が遅かったが、姫子はお腹《なか》が空いているだろう。待ち時間を利用して軽食を取ろう。

「いらっしゃいませー、せんせぇ？」

語尾にハートマークが付いていそうな程の媚《こ》びた声に顔を上げる。

准《じゅん》だった。

「今日は可愛い子と一緒なんですねぇ。嫉妬しちゃうなぁ。もしかして、彼女さん、とか？」

「年を考えろよ。分かるだろ。はとこだよ。前話しただろ」

「フードでよく見えないから、若作りなのかなぁ、って？」

准は水とおしぼりを出しながら笑みを向けてくる。

営業スマイル。明らかに作り物だと分かるのに異性ウケは良いというのだから、男というのは分からない。しかし、愛想が良いという時点で、俺や姫子より飲食店勤務は向いているのだと思う。

「若作りなのはお前だよ、准」

「若作り、じゃなくて、若い、んですよぉ」

「二十代も後半になれば、若い、とは言いにくいな」

「……お前ももういいオッサンだろ」

「ああ、そうだな。お互い様ってことだよ」

呟かれた毒舌にはそう返しておく。俺と同学年なのだから若いはずがない。甘えたような喋《しゃべ》り方にせよ、カールが入ったサイドテールにせよ、それも、年を考えろ、だ。童顔じゃなければ許されなかっただろう。

姫子を見る。謎の店員を避けるように顔を背けているが、頭の中が疑問符で埋め尽くされていることは訊《たず》ねずとも分かる。

「ああ、待ち合わせの相手はコイツじゃない。コイツはここの店員、東准《あずま》」

「……友達？」

「腐れ縁だよ。中学からのな」

「……仲良し、ってこと？」

肯定しても否定しても妙な意味に取られそうだったので、それでいい、と返しておく。俺の友人はやたらと馴《な》れ馴《な》れしい奴が多い。准もその一人だ。俺の側が素っ気ない性分だから、そういう奴しか付き合いが続かない。

しっしっ、と准を追い払い、姫子にメニューを渡す。少女が昼食として選んだのはオムライスだった。俺はコーヒーだけにしておく。

「……黒が好きなの？」

「いや別に。なんでだ？」

「ブラックコーヒーだし、服も、いつも黒いのを着てるから」

「服を選ぶのが面倒なんだよ。コーヒーも同じだ。甘ったるいのは嫌なんだが、カフェオレだとかエスプレッソだとかアメリカンだとか、そういうのは覚えるのも注文するのも面倒だ」

「変な人……」

そんなやり取りを挟みつつ、ランチを終えて、事件の話に入る。ゲストが来る前に基本的な情報は整理しておいた方がいい。

事件が起こったのは今年の五月。一ヶ月ほど前だ。

現場は旧七本松通にある小さな一軒家。被害者はその家の住人、堤下法子《つつみしたのりこ》という四十代の女性。北野白梅町《きたのはくばいちょう》にあるスーパーで働いていた。一応、自殺ということでカタが付きつつある。

無理もない。鍵が掛かった室内での首吊り。常識的に考えれば自殺だ。

遺体の第一発見者は、堤下氏の恋人、神田信二《かんだしんじ》。神田氏は堤下氏と同年代。円町駅《えんまちえき》の近くで居酒屋を営む男性だ。

「遺体発見までの流れはさっき言った通りだ。被害者の堤下氏が、神田氏に自死を連想させるようなメールを送り、神田氏は心配になって様子を見に来た」

「それで、裏にある高窓から、首を吊っている姿を見つけた……」

神田氏が首を吊った恋人を見つけたのは火曜日の十六時頃。遺体の状態から見るに、死後三十分程度経っていた。必然的に首を吊ったのは、あるいは吊られたのは、十五時過ぎ頃だと思われる。

寂しくなってきた口元をコーヒーで誤魔化す。

うん、美味《おい》しい。さして味が分かるわけではないが、ここのコーヒーは気に入っていた。

「死因は動脈圧迫。索状痕は一つ。吉川線《よしかわせん》はなかったと聞いている。まあ、自殺と考える事例だ」

「さくじょうこん……？　よしかわせん、って……？」

「前者は首に残る縄状の痕。後者は絞殺被害者に見られる防御創の一種だ。自殺か他殺かの判断材料にされる」

背後から急に首を絞められたとする。動脈や気道を紐状《ひもじょう》の物で圧迫されているのだから、普通はまず、絡まった紐を解こうとするだろう。その際、自分の爪で首の皮膚を傷付けてしまうことにより残る傷。それが「吉川線」と呼ばれる傷痕である。

「……それをなんで『吉川線』って言うの」

「吉川って警察官が発表したものだからだ。この手のネーミングは、『動物脳』みたいなストレートなネーミング以外では、発見者の名前か、発表された場所の名前が付けられる。これは自然科学でも社会科学でも変わらない」

「……京都議定書とか？」

「中学生らしい発想だな。俺ならコペンハーゲン解釈とシュレディンガーの猫を連想する」

どちらも量子力学の用語だが、前者はデンマークのコペンハーゲンで発信されたことに由来し、後者はエルヴィン＝シュレーディンガーという物理学者が発見したことが由来する。

話を戻すと、吉川線がなく、尚且《なおか》つ、索状痕が一つであった場合、ほぼ自殺として問題ない。絞められた痕が一つである時点で、「絞殺された後に吊るされた」という可能性が低くなり、吉川線のような防御創がなければ、「首を吊られて殺された」というケースも考えにくい。意識がある人間が首吊りで殺されようとするならば、抵抗するのが普通だからだ。

「……あなたは物知りだね。専門分野以外のことも、色々知ってる」

「衒学家《げんがくか》なだけだ」

「げんが……？」

「適当な知識をひけらかしているだけ、ってことだ」

勉強することは好きだが、披露し過ぎることは好ましくない。専門以外の事柄には口を噤《つぐ》む方が研究者として真っ当だ。専門分野であっても分からないことばかりだというのに、他分野のことを知った風に語れるはずもない。

雄弁は銀だが、沈黙は金なのだ。これも衒学的な物言いだが。

「まあ、自殺に関しては専門でもある。お家的《いえてき》に、そういう話題を聞くことも多い。君はそうじゃなかったか？」

「家、って……。椥辻の家のこと？」

「そうだ。聞いたことないのか？　椥辻は警察官の家系なんだ。俺には同年代のいとこが二人いるが、どっちも警察官だよ」

「……ふーん。じゃあ、なんであなたは警察官にならなかったの？」

素朴な問いに一瞬間、答えに詰まる。

確かに幼い時分の夢は警察官だった。そんな頃もあったのだ。

やがて俺は言った。

「これは俺の持論だがな、警察に入る奴は三種類に分けられる。小悪党か、善人か、それか考えなしか。グレーな連中にガサ入れの時期を教えて小金を得る小悪党。市民という名も知らぬ他人の為に命を懸けられる善人。とりあえず公務員になりたかった考えなし。この三つだ。俺はどれでもないから、学者をやってる」

「……そうなんだ」

「真面目に受け止めるな。冗談だよ。勉強が好きだっただけだ」

何の話なんだか。何処まで話したんだったか。

その時、がらがらと音を立て、店の扉が開いた。

「ちょりーすっ！　霖雨はいるかい⁉」

訳の分からない挨拶と共に現れたのは、この事件の第一発見者であり俺の友人。古《ふる》浜《はま》つぐみだった。

つぐみがやって来たことに気付いた准が店の奥から出てくる。次いで、ハイタッチを交わす。女学生みたいな振る舞いだ。どちらも年を考えて欲しい。一方、「なんだろう、この人は」という表情の姫子。至極尤もな感想だが、俺の友人は皆、俺のローテンションを補うかのように、こんな奴ばかりだ。慣れて欲しい。

ハンチングキャップを弄びながら、つぐみは明るい茶髪を揺らし、こちらにやって来る。「私、オレンジジュースで！」。そう叫ぶと、俺の隣に腰掛けた。

「はーい、霖雨のいとこちゃん。はじめまして」

「いとこじゃない。はとこだ」

「あ、ごめん。じゃあ、はとこちゃん、改めて古浜つぐみです。ちょりーす！」

「ど、どうも……」

視線が彷徨っている。予想とは違うタイプの人間だったのだろう。

「つぐみ。こっちがご存知の通り、俺のはとこ、栁辻姫子。姫子君、これが第一発見者になった俺の大学時代の知り合い、古浜つぐみ。えーっと……。まあ一応、探偵だ」

「え、探偵なんですか……？」

「一応じゃなくて、普通に探偵です。四条《しじょう》烏丸《からすま》にある探偵社のね」

姫子は相変わらず無表情のままだが、些か落胆した風にも見えた。

無理もない。探偵、と言えば、普通は物静かで思慮深いイメージだ。こんな軽い調子の三十近い女を見て、探偵を連想するのは少数派だろう。

つぐみは続けた。

「とは言っても、漫画みたいに殺人事件を解くことは滅多になくて、身辺調査が主。だから、調査会社の人間、って自己紹介した方がいいのかな？」

恋人の浮気や婚約者の過去に後ろ暗い部分がないかを調べる。古浜つぐみはそういう類の探偵だ。ミステリの探偵はロマンに溢れているが、彼女の従事する探偵業は限りなく夢のない世界。

女にモテる為に医者を騙《かた》っている奴やギャンブルで作った数千万の借金を隠している奴、そもそも結婚詐欺師の奴と、ロクでもない人間の見本市。話を聞いている分には面白いが、恋愛する気がなくなること請け合いである。

つぐみが遺体の第一発見者になった事実を偶然と言《い》い難《がた》いのは、彼女が探偵であることが関係していた。

「つぐみ。悪いが、お前の側から見た事件の経緯を話してくれるか？」

「姫子ちゃんに？　分かったよ」

准からオレンジジュースの入ったグラスを受け取って、彼女は話し出す。

「さっきも言ったけど、私の職業は探偵です。主な業務は身辺調査。亡くなった堤下さんとは、今となっては自殺者と、その遺体の発見者だけど、事件が起こる前は探偵と調査対象の関係でした」

「……調査してた、ってことですか？」

「その通り。だから、あの日、私が堤下さんの家の近くにいたのは偶然でも何でもなくて、調査の為に家の周りに通ってたの。依頼者は守秘義務があるから話せないけど、堤下さんの恋人からの依頼、と言っておこうかな」

「伏せてる意味がない。それはもう答えなんだよ、つぐみ」

「ははは」

喉を潤すことで一拍置き、訊ねる。

「それより、姫子ちゃんに確認しておきたいんだけど、いい？　霖雨はともかく、どうしてあなたみたいな子どもが事件を調べているのかは分からないけれど、興味本位の詮索はやめた方がいいよ。どんな出来事でも、その裏にあるのは冷たい真実だけだから。……それでも知りたい？」

らしくもなく真面目なトーンでつぐみは言った。彼女と意見が合うことは少ないが、今日ばかりは同意見だった。俺も少しばかり、悩んでいた。

梛辻姫子は「助けて欲しい」と口にした。それは彼女が見た誰かを、あの場所に残り続ける思念を救って欲しい、ということだ。仮に相手が死者だとしても、あるいは生者ではないからこそ、その見知らぬ誰かの救済を願う彼女は立派だと思う。

けれども。けれども、だ。

他人を助けようとして手を伸ばすことは尊いことであっても、深淵《しんえん》に引《ひ》き摺《ず》り込《こ》まれない保証は何処にもない。暗闇に光を当てたとしても、そこに在るのは虚無だけかもしれない。誰かの傷を癒《いや》そうとして、自分が傷付いてしまう。

有り触れた事象だ。つぐみが言っているのはそういうことだった。

その真理を知ってか知らずか、姫子は黙って頷いた。

分かった、と首肯し、つぐみは話を再開する。

「……堤下さんに小学生の子どもがいるのは知ってるよね。堤下真里《まり》ちゃんね。実は、あの人には、もう一人、子どもがいるんだ。いたんだ、って言うべきかな」

「死んだ……って、こと？」

「そう。真里ちゃんのお姉さん、絵里《えり》ちゃん。何年か前に不慮の事故で死んじゃったの。表向きはそうなってる。でも、真実は、分からない」

そう。今回自殺したとされる堤下法子氏は、娘の虐待を疑われていたのだ。上の娘である絵里も事故死と判断されたが、本当のところは分からない。推定無罪。疑わしきは罰せず。だから俺は堤下氏を糾弾しない。だが、娘に不自然な傷があったことは事実である。死んだ娘の絵里にも、生きている真里にも。

交際相手である神田氏は何処からか虐待の噂を聞いたらしい。だから、調査会社に依頼し、調べさせていた。今は他人だが、籍を入れてしまえば家族になる。流言飛語の真相を知りたくなるのは無理ならぬことだ。

「……一応、フォローを入れておこうか」

引き取って俺は続けた。

「周囲の大人も馬鹿じゃない。むしろ他人を安易に馬鹿と断じることこそ愚かなことだ。保育園の担任教諭も傷には気付いていたし、役所の担当者に報告していた。区役所の人間は娘を診たことがある医師から情報を提供してもらい、虐待かどうかを判断しようとしていた。微妙なラインだったんだ」

一目見てそれと分かるような傷ではなかったという。明らかに暴行の結果だと分かる場合には警察もさっさと動く。実際の事例はそうではない。白か黒かと分けられることは少ない。どうしようもない程に、グレー。それが世界というものだ。

背中や腕部にある痣《あざ》。子どもは「階段から落ちた」と言う。問題は、それが落ちたのか、突き落とされたのか、だ。その二つを判別するのは至難の業であって、もし、ただの事故を事件と認定してしまえば、それ自体が子どもの傷になる。永久に残るトラウマになってしまう。警察や児童相談所といった国家権力に間違いは許されない。少なくとも、この社会はそうなっている。勘違いでした、では済まされない。役所が介入するような展開になった時点で、親は「実の子を虐げていた人でなし」であり、子は「愛されずに育った可哀想な存在」だ。

真実がどうであっても、広まってしまった事実は揺るがない。やむなしなことだ。

「だから、その疑惑については、あくまでも疑惑と考えておくべきだと思う。今回の事件に関係するかどうかも分からないからな」

「まあでも、怪しいのは怪しいよ？　堤下さんの家、外からは分からないけれど、中はほとんどゴミ屋敷《やしき》の状態だったし。あんな環境で子どもを育てることが既に虐待と言えなくもない」

「……」

押し黙る姫子に、言う。

「庇《かば》うわけじゃないが、やましいところの全くない人間なんてそうはいない。いたとしても、誰かから恨まれていない保証はない。だから、堤下氏の噂については、頭の片隅に置いておく程度でいい」

次いで、つぐみ、と声を掛ける。意図を察したらしく、「あいよ！」と元気の良い応答を返し、話を本筋に戻す。今日の主題は堤下氏の自殺についてだ。虐待云々については深く検討するつもりはない。

「今言ったような経緯があり、私は恋人である神田さんから依頼を受けて、堤下さんの生活状況を調べていた。勿論《もちろん》、一人でじゃないよ？　会社の職員何人かでね。私は主に、堤下さんの働くスーパーに通ったり、堤下さんがよく行く飲食店に行って、耳を欹《そばだ》てる役目。情報収集だ」

「何か分かったことはあったか？」

「んーん。特にこれといったことは。真里ちゃんと絵里ちゃんは前の恋人さんとの子どもみたい。内縁の夫、的な？　前の恋人さんは今、神奈川にいて、別の人と結婚して、普通に暮らしてる。堤下さんとの交流はなく、月に何万かの養育費を振り込むだけの関係で、それもないことが多い」

これといったことは、と応じつつも、その後もつぐみは様々な内容を話した。

堤下氏の仕事はスーパーのレジと品出しのパートだということ。生まれは大阪で、この辺りに親族はいないということ。両親は既に他界しているということ。近所との付き合いはなく、挨拶されたら返す程度ということ。家の中は中身の入ったゴミ袋と収納し切れていない雑多な物品で溢れ返っており、足の踏み場もないということ。情緒不安定な傾向があり、高校の時には自殺を図ったこともあるということ……。

情報提供は助かるが、話して大丈夫なのだろうか？　それとも、当人から聞いたわけではなく、あくまで彼女が足で調べた内容だから問題ない、ということか。こちらから訊ねておいて気にするのもおかしいものの、疑問に思う。

情報漏洩《ろうえい》でクビになったりしないだろうな。責任は取れないぞ。

「事件当日の流れを言うね。私はその日も、堤下さんの調査が仕事だった。だから、この辺りをうろうろしてた。そうしたら、夕方の四時前くらいに家の前にタクシーが停まって、この道にタクシーなんて珍しいな、と思ってたら、降りてきたのは神田さんだった。一度、目が合ったけど、お互いにそれとなく逸らした。探偵が調査してる、調査を依頼した、ってバレたら色々と面倒だしね」

「その後、神田氏に声を掛けられたんだったな？」

「うん。神田さんが家の中に入って、堤下さんに呼ばれたのかな、病気とか怪我とか、そういうのかな、と考えてたら、すぐに神田さんが家から飛び出てきて、扉を抉じ開けるのを手伝って欲しい、って頼まれたんだ。何事ですか、と訊ねたら、部屋に鍵が掛かってる、おかしいと思って裏に回って高窓から見た、中で首を吊ってる、って」

　聞くに、堤下氏は玄関の鍵は掛けるが、部屋を施錠することはなかったらしい。神田氏に渡していたのも玄関の合鍵だった。

「玄関は開いてたのか？　それとも、神田氏が開けたのか？」

「え、どうだろ……。開いてたんじゃないかな。ごめん、そこまで見てないや」

「いやいい。続けてくれ」

「私達は家の中に入って、堤下さんの私室の扉を蹴破ろうとした。でも、上手くいかなくて、結局は堤下さんがハンマーでドアの一部を壊して、空けた穴から手を入れて、サムターンを回したんだよ」

思案しつつ姫子を見る。相変わらず無表情の少女。何を思っているのだろうか。

「揚げ足を取るようで悪いが、つぐみ。ハンマーなんて、そう都合良くあるものか？

それと、そんなに簡単に壊れるドアだったのか？」

「金槌《かなづち》についてはたまたまかな。たまたま神田さんが玄関で見つけたの。霖雨は見てないから分からないだろうけど、堤下さんの家、物で溢れまくってたから、金槌くらいは落ちててもおかしくない」

「ドアは？」

「壊した扉も、これも見れば分かるんだけど、一般に想像するような、木製のしっかりしたドアじゃないんだよね。襖風《ふすまふう》の引き戸で、材質は……なんだろう。ちょっと固いプラスチック、みたいな。表面だけ襖っぽいシールが貼ってある感じ」

なるほど。建築のコンセプトからして、ドア、というよりも、仕切りや目隠しの側面が強い代物だったらしい。町屋をリフォームした家屋だ。洋風の扉を付けるよりもそちらの方が雰囲気に合うと判断されたのだろう。記憶が正しければ玄関も引き戸だったはずだ。

「それで扉を開けると、中で堤下さんが首を吊ってたから、二人で下ろした。足の踏み場がないんだから、人を寝かせるスペースなんてあるはずなくて、だからまだ物が少ないベッドに横たえて、その時に救急隊が到着した」

後はお任せ、と大袈裟《おおげさ》に肩を竦《すく》めてみせる。

「救急に連絡したのはどのタイミングだ？」

「んー、玄関に入ったくらい？」

「どっちが電話した？」

「神田さん。首を吊ってるからすぐ来てくれ、って言って住所を伝えて、そのまま繋ぎっぱ。扉を抉じ開けてる時からはずっとポケットに入れてたかな」

「首吊りに使っていた紐はなんだった？」

「その時は分からなかったけど、着物に使う紐とか、そういうのだったみたい」

「腰紐《こしひも》か半襟辺りだな。紐を括《くく》り付《つ》けたのは梁だったよな？」

「うん。遺体のすぐ傍《そば》、部屋の真ん中に椅子が置いてあったから、その椅子を使って梁に紐を括り付けて、首を吊ったんだと思う」

「子どもは何処にいた？」

「真里ちゃん？　救急隊が来た辺りで別の部屋にいたのを見つけたよ。そのまま保護されたから分からないけど、今はショックでほとんど喋れないって聞いた」

姫子に目を遣り、視線で促す。ぼそぼそと少女は訊ねた。

「……窓からは出入りできないの」

「ああ、高窓ね。高さ的には二メートルくらいで、すぐ下にベッドがあるから、どんな小柄な人間でも手は届く。けど、大きさがね……。空気の入れ替えや光を入れる為のものだから、大人はまず通れないよ。それでも警察は調べたみたいだけどね。人が通った痕跡はなかった、って」

「……ありがとう」

「どういたしまして」

「つぐみ。最後にお前の意見を聞いていいか？」

「私の？」

「第一発見者であるお前から見て、おかしなことはなかったか？」

目を閉じ、たっぷり三十秒うんうん唸《うな》っていたつぐみだったが、最終的には「何もなかったと思うなあ」と応じた。

「私は霖雨と違って自殺の専門家じゃないし、探偵でもないから、気付かなかったこともあるかも」

「自称してただろうが。探偵ではあるんだろ。素行調査が主なだけで」

「あはは、そうだったそうだった」

自分が関わり、遺体を間近で見た事件だというのに、あまりにもあっけらかんと、つぐみは笑った。深刻さの欠片もないが、コイツは昔からこういう奴だった。それに俺も責められる立場にはない。俺だって深刻そうな顔はしていないだろう。

所詮は他人事で、取り返しのつかないこと。即ちは、やむなしなこと。俺が泣こうと笑おうと、故人が戻ってくるわけでも、真相が明らかになるわけでもない。


准がにやにやしながら近寄ってきたのは、つぐみが店を後にした直後だった。

「せんせぇ、聞いてたよぉ？　あの首吊り事件を調べてるのぉ？」

「猫撫《ねこな》で声《ごえ》はやめろ、准」

「へー、いいんだ、そんな態度で」

コップを片付けながら、その高圧的な本性を現し問い掛けてくる。何がだ？　と問い返すと、「私、この辺りに住んでるんだけどなー」との答え。

知ってるよ。それに、この辺りに住んでいるのは俺だってそうだ。

「じゃあ、あの噂知ってるの？」

「……噂？」

「ほら知らないじゃーん。教えてあげようか？」

「ああ、頼む」

「大学教授サマはものの頼み方を知らないからいけないなー。でも、いいよ。長い付き合いだし、特別に教えてあげる」

そうすると顔を寄せ、准は小さな声で言った。あの町屋に纏《まつ》わる、ある噂を。

「……あの家、前の住人も自殺してるよ。その前の住人も自殺したって話。それも、みーんな、首吊りでね」

事情を知る人間は、あの家をこう呼んでいるという。

『旧七本松通の首吊り町屋』と。

孤独な21グラム

よく頂く質問に、社会学は科学ですか？　というものがあります。再現性とか反証可能性とか、その辺りの話題に関連しての問いなのですが、これに関してはデュルケームやウェーバーが百年くらい前に整理しているのは講義内で述べた通りです。近年だとカール・ポパーの論理実証主義批判もその一種ですね。

ただ、ある学問が科学たり得るかどうか、という話は、「社会学」の枠には収まらず、科学哲学という分野で議論される事柄であると思います。畢竟すると、「その話題は大変長くなってしまうので概論では扱いません」ということです。難しいですが面白い話題なので、是非、研究対象にしてみてください。ポパーに関しては専門の先生がこの学部にもいらっしゃいますので。

それはそうとして、これは自然科学や他の社会科学と明確な差異だな、と思うことが、一つあります。何か分かりますか？　「有用性」です。極端な話をしますよ。自然科学の研究は役に立つ必要はありませんが、社会学の研究は必ず役に立つもの、即ち有用性があるものでなければなりません。

科学には基礎研究と応用研究という区分があります。0、1、1、2、3、5、8、13、21、34、55……。これは「フィボナッチ数列」と呼ばれる数ですが、こういった数列を見つけ出したとしても役には立ちません。ですが、この数列は数え切れない分野で応用され使われています。数学者はドーナツとコップが同じに見える、というジョークがありますが、その由来となった位相幾何学も、それ自体は役に立ちませんが、この発想、基礎がなければ現代物理学は成立しないと言っても過言ではありません。

　このように、自然科学の場合、一見何の役にも立たない研究が多く、けれどもそれで構わないんです。見つけ出した一つの法則が、世界を変えるような研究の礎になるのが自然科学ですから。

　一方、社会科学、特に社会学の場合は有用性が重要です。その研究をして、社会にどう寄与できるかが常に問われます。僕は自殺の研究をしていますが、それは「自殺者が多過ぎる」という問題意識があってのものです。

　何故、役に立たない研究が数学では許されて、社会学では許されないのかは分かりませんが、多分、研究対象である社会が抽象的で膨大な事象だからでしょう。社会に関する何かをとりあえず研究して、それで活《い》かせることが少ないんだと思います。

　……ああ、間違ってたらすみません。後で教えてください。

　問題意識が前提とされる社会学という学問が僕は嫌いではありません。どんな問題があるのか、問題を解決する為にどうすればいいのか、そもそもそれは問題なのかを考えるのは、とても楽しいことです。失礼。興味深いこと、と言い換えますね。

例えば、そうですね……。医療施設や介護施設での身体的拘束が否定されて久しいわけですが、これ、詳細を知らないと「患者をベッドに括り付けるのは駄目だろう、なんでそんなことが議論になっているんだろう？」と思うでしょう。精神病の患者さんを何もない部屋に入れたりね。

でも背景を知ると、中々難しい問題なんですよ、これ。何故患者をベッドに拘束する必要があるのか。色々理由はありますが、よくあるのは「加害衝動があるから」です。つまり、様々な事情で情動のコントロールができず、他の患者さんを殴ったりしてしまうわけです。

じゃあ、何故、精神病の患者さんを何もない部屋に入れるのか。これも色々ありますが、「自殺企図を行ったから」が多いです。普通の病室だと、窓から飛び降りたり、シーツで首を括《くく》ったり、あるいは水を多量に飲んだりと、幾らでも死ねてしまう。だから自殺を防ぐ為に、落ち着くまで危険性が低い部屋に入れておく。

次のコマ、ここで講義を行う障がい者福祉の先生がいらっしゃいますよね。あの方はミトンを好まないそうです。

ミトン、分かりますか？　鍋つかみをイメージしてください。ほぼそれです。様々な理由から、点滴を抜いてしまったり、自分の肌を血が出るまで掻《か》き毟《むし》ったりしてしまう障がい児がいます。職員は柔らかい素材の手袋を嵌《は》めさせます。その子を守る為に。自らを傷付けないように。でも、あの先生はそこで終わるべきではない、と主張します。何故その子が髪の毛を抜いてしまうのかを考えて、そうしなくていいように変えていくべきだ、と。

難しいけど、面白いでしょう？　失礼、興味深いでしょう？

あの先生は……はい、これ。「障害」の字を必ず漢字で書かれます。近年、この表現は不適切だとされ減ってきています。特にこの「害」という字、あまり良い意味のない漢字ですから。ですが、あの先生に言わせると、障害は社会が作り出すもので、差し障りにせよ害にせよ、環境が変われば問題にはならない。社会の側が害を与えている、という理解だから、自分は漢字で書きます、と話されていますね。これも大変興味深い考察です。

まあ、社会学は問題意識が前提にある以上、その問題が真に『問題』であるか、簡単に言うと「個人の感想や妄想ではないか」は問い続けなければならないのですが、これに関しては長くなりますので、また機会があれば。

京都市上京区は縊死《いし》に縁の深い地域だ。そう言い切ると語弊があるが、今回の首吊りの話を聞いた際、俺が思い出したのはかつて上京で起きた変死事件だった。

大正十五年。当時の上京区だった北白川《きたしらかわ》で、首を吊った女性四人が発見された。現在でも「小笛《こふえ》事件《じけん》」という名で伝わっているこの事件は、四名の首吊りが自殺・心中か、それとも他殺かと、喧々囂々《けんけんごうごう》の論議が交わされた。自殺なのか他殺なのか、という判別は事件を捜査する上での大きな焦点である。雲泥の差と言っていい。小笛事件は自殺か他殺かで揉《も》めた、最も有名な事件の一つだろう。

‡

東准の語った噂、「旧七本松通の首吊り町屋」なる話を聞いて、俺が抱いた感想は、また戯《ざ》れ言《ごと》を、という一言に集約される。

「またコイツはそんな戯れ言を……」

「店から叩き出すぞ?」

思うだけではなく、声に出てしまっていたらしい。青筋を立て、笑顔のまま威圧してくる准。暴力は勘弁してくれ。痛いのは嫌いだ。

やり取りは店に新たな客がやって来たことで中断された。准は「話を聞きたいなら人の少ない時間にまた来なよ」と言い残して、接客に向かった。俺達も一旦、お暇《いとま》することにしよう。いつまでも席を占領し、不穏な話をしているのは迷惑だ。

おばちゃんに会計を頼む。財布を取り出した段階で、つぐみが支払いせず出て行ったことに気付くも、不満を言う程のことでもない。元々、お礼も兼ねて俺が出そうと考えていた。何も言わずに帰ったのは驚きだが。

俺の周りの親しい連中は礼儀がない。親しき中には礼儀はなしだ。尤も、俺にしたって無神経な振る舞いを随分と許してもらっている気がするし、お互い様というところだろう。数少ない友人は大切にしないと。気恥ずかしいので口にはしないでおくが。

それに女子が苦手な俺からすると、つぐみや准のある種のガサツさには助けられている。ああいう奴等《やつら》でなければ付き合いも随分困っただろうし、きっと遥《はる》か昔に縁が切れている。

貰った飴玉《あめだま》を舌先で転がしながら雨の家路を行く。小笛事件では被告人に無罪判決が出て、自殺と判断されたが、さて此度《こたび》の事件はどうだろう？

「……ねえ」

「なんだ？」

「……東さんの話、聞かなくて良かったの」

五十センチ低い標高からの問いの裏にあるのは僅かな不安感。准の怪談を一蹴した所為か。私の話もひょっとしたら信じていないんじゃないか。そう考えてしまったのだろう。無表情な癖に繊細な奴だ。

信じているかいないかで言うならば、以前も述べたように半分は信じていない。しかし、この場でそんなことを口にしても拗《こじ》れるばかりだ。

「准が語るあの手の話題は、話半分でいいんだ。本人もそれでいいと思ってる。本当に人の魂や残留思念が見えるという君は失礼に感じるかもしれないが、准の心霊話は、エンタメとしてのそれなんだよ。冗談なんだ」

「……嘘、ってこと？」

「嘘、と断言すると言い過ぎだな。話を盛ってる、って感じだ」

昔から怪奇現象や未解決の謎が好きな奴だった。ミステリー・オカルト研究会創始者の名は伊達《だて》ではない。大学を出て何年も経つ今でも、その手の噂はすぐに拾ってくるのだ。けれど、本当だったことは甘く見ても三割程度。野球選手なら一流だが、情報ソースとしては聞くに値しない。

そして、准の話の「本当」の部分というのは、「この建物は十年前まで病院で、けれども度重なる医療ミスで患者が相次いで死亡し廃院となり、手術のミスで死んだ患者の霊が今も彷徨っている」という怪談なら、本当なのはその建物が十年前まで病院だったことくらい。他は尾鰭《おひれ》だ。

「だから准本人も、本気で信じそうな奴にはあの手の話はしない。風評被害の元になっちゃうからな。冗談を冗談と処理できる間柄の話題だ」

そのラインは妙にしっかりしているのだ、アイツは。

「……じゃあ、その……。何か見えたりする、ってわけじゃ……」

「全然ない。ただの怪談好きだよ」

「そうなんだ……」

左目を細めて呟く姫子。表情は変わらないが、声音は残念そうだ。私のことを信じてくれるかも、と思っていたのかもしれない。

沈黙が場を支配しそうになった為、話を無理やりに本筋に戻す。

「准が言った『旧七本松通の首吊り町屋』の噂を適当に流したのは、話していたのが准だから、という理由が一つ。もう一つは数の問題だ」

「数？」

「日本という国で、毎年、何人くらいの人間が自殺してるか知ってるか？」

「うん、知らない」

「警察庁発表で三万人だ。どんなに少ない統計でも二万を割ることはまずない。京都市の人口がどれくらいか知ってるか?」

「……知らない」

「約百五十万人だ。年間二万以上の人間が自殺する国の、百五十万人が暮らす都市がここ、京都だ。住人が二人連続で自殺する、という稀な事例も、母数を考えればそこまで不思議なことでもない。可能性としてはありだと思う」

事例や統計は面白いもので、それぞれを個別で見た際の結論と、二つを結び付けた際の結論は全く異なる場合がある。シンプソンのパラドックスは広く知られた警句であるが、母数の概念が頭から抜けると、統計学はすぐさま信用ならない学問となる。幾ら直感に反していようと、七十人が待つ大教室に入れば、俺と同じ誕生日の人間は一人はいるのだ。

「……でも、二人連続じゃなくて三人連続で、全員首吊りでしょ。それは珍しいことじゃないの。有り得ないことじゃないの」

姫子の反論は妥当だった為、俺はそうだなと首肯する。

「ただ、それは准の発言が全て真だった場合だ。本当に同じ家屋で自殺が起きたのか、本当に全員が首吊りだったのか。本当だったならば相互に関係がある事象か否か。それはこれから考えればいい」

「どうするの」

「調べてみるさ」

話している間に家に到着した。今日の研究はここまで。後は姫子の勉強を見て過ごすことにしよう。

折角だから今からは数学だ。統計学のパラドックスを知った今なら、数字の羅列も多少は興味を持てるだろうから。

‡

後日、准に話を聞いた限りでは、『旧七本松通の首吊り町屋』はこのような内容の怪談だった。

明治時代、旧七本松通の町屋で一人の女が自殺した。夫に先立たれ、故郷にも帰れず仕事も見つからず、自死するしかなかったのだという。「娘を頼みます」。そんな書置きを残し、彼女は首を吊った。

時は進み、現代。今から二十年程前、同じ町屋で一人が自殺した。かつての住んでいた女と同じく、地方から出てきた寡婦だったという。頼れる者も周囲にはおらず、苦しんだ末に一人娘を残し、女は首を括った。かつて自死した女と同じように。話を知る近隣の人間は気味悪がり、その町屋には住もうとしなかった。しかし他の町から来た者はそんな事情を知る由もない。十年前、一人の女が子どもを連れて入居した。それが今回の被害者、堤下法子。

そして、彼女も自殺した。かつての住人と同じように、梁で首を吊って。


全てが事実なら、確かに珍しい。作為的と言っていい。

店で買ったばかりのショートピースを潰して咥え、火を点ける。禁煙運動が進んでいけば、このコンビニ前の灰皿もなくなっていくのだろうかと暗澹《あんたん》たる気分になる。妙に感傷的なのは夕暮れの所為だろうか。

遥か昔に読んだSFを思い出す。煙草が禁止されたifの世界で、日本最後の喫煙者はどうなったのだったか。話の大筋は覚えているのにオチに当たる肝心の部分が思い出せない。

人生と同じ。重大な事柄は案外、忘却の彼方《かなた》に消えてしまい、他愛もない会話ばかりが後には残る。呼吸のように、わざわざ語るまでもない幸福が。

生きていること。大切な人が隣にいること。昨日と同じような今日が続くこと。どれも掛け替えのない幸せだ。恋人を失った彼は何を思っているのだろう？

そう考えながら、吸い終わった紙巻を灰皿に押し付けた。

被害者である堤下氏の恋人、神田氏が経営する居酒屋は円町駅のすぐ近くだ。うちの大学に通う学生は、駅を出て、北上していくのだが、それとは逆方向。南側の路地に入ったところに店はあった。ごく普通の居酒屋だ。

つぐみと会って事件の仔細《しさい》を聞き、また准から出処の怪しげな噂を聞いた、その翌日だった。つぐみから、「神田さんにお前のこと話した。少しなら事件のことを話していいって言ってるよ」という連絡を受け取り、店まで訪れた次第だった。姫子はお留守番。酒を出す店に中学生を連れていくのは社会常識的にどうか、と考えた結果だ。

開店して間もない五時過ぎ。まだ居酒屋に行くには早い時間帯だが、客が増えてきてからする話でもない。ささやかな配慮。

「……もしかして、あなたが椥辻先生？」

カウンターに座ってすぐ、店主らしき男に話し掛けられた。角張った顔に顎鬚《あごひげ》。神田信二氏だろう。どうも、と頭を下げる。

「驚いたな……。自殺の専門家と聞いていたから、俺より上のオッサンが来るもんだと思ってた」

「よく僕が椥辻霖雨だと分かりましたね」

「まあね。本人の前で言うことでもないが、古浜さんから、『黒縁眼鏡に黒い服、それから目付きが悪い』という風に教えてもらってたから」

「ははは……」

確かに本人の前で言うことではない。

「中々の名探偵とも聞いてますよ。大学教授で探偵なんて、大したもんだ」

「それは誤りですね。自殺の研究をしているだけです」

つぐみの奴、なんてことを。冗談を言う場面じゃないだろうに。

「法子の自殺を疑ってるとのことで」

「……まあ、調べていることは確かですね。そこで、恋人である神田さんからお話を伺えれば、と思いまして」

水と共にメニューがカウンターに置かれる。獺祭《だっさい》があった。だし巻きと共に注文する。店に来ているのだ、売り上げに貢献しないのも申し訳ない。酒も煙草も好きなことだし。粋とは無縁の人生だが、そういうものの良さは解するつもりだ。

神田氏は「あいよ」と承ると、突き出しの準備をしながら問い掛けてくる。

「不審な点があるわけじゃないんですか？」

「明確にあるわけではありませんね。第一、はっきりと不審ならば、警察も他殺の線を捜査しているでしょう」

「そりゃそうだ。つまり、なんとなく気になる、って感じですかね。……はい、獺祭お待ち」

日本酒と共に突き出しが運ばれてくる。鶏《とり》のスライスに牛蒡《ごぼう》の和《あ》え物《もの》、ポテトサラダ。一口、口へと運ぶ。美味《うま》い。日本酒と一緒に愉《たの》しむにはちょうど良い味だが、ノンアルコールと食べるには少し濃い。

「獺祭って、どういう意味かご存知ですか？」

「造った会社の名前や馴染みの深い地名とかですか？」

「それも一つです。山口の獺越《おそごえ》という場所に酒蔵がありますから。ただ、元々、別の単語として『獺祭』というものがあります」

獺《ダツ》という文字は「カワウソ」とも読む。カワウソには捕った魚を浜辺に並べる習性があり、それが先祖を奉る様子に似ていたことから、祭りの字を付け、「獺祭」と呼ぶようになった。故に、元々の意味はカワウソが魚を捕り食べることである。

唐の時代、ある詩人が「獺祭魚」と自称した。仕事の為に多数の書物を自分の周りに置く様をカワウソと比喩したのだ。その逸話から、獺祭には別の意味として、「詩文を造る為に沢山の文献を広げている状態」というものがある。

「僕達研究者もそんなものです。多くの参考書を広げ、仕事をしている。そんな生活をしていると、なんとなく気になった事柄も、無意識的に何処かの文献で読んだ内容を想起していることがある。だから、僕はなんとなくの感覚を大事にしています」

「……なるほど」

「納得して頂けました？」

「正直、学のない俺には良く分かりませんが、古浜さんが言ってた通りに、雑学や蘊《うん》蓄《ちく》を語ることが多い人だな、と」

「……すみません……」

思わず謝った。衒学家ぶりもいい加減にしておかねば。

結論を述べると、神田信二氏の証言に怪しい部分はなかった。つぐみから聞いた話とも全面的に一致していた。

　死を予期させるメールを受け取り、堤下氏の自宅を訪れた。玄関に鍵は掛かっておらず、奥の部屋は施錠されていた。裏側に回り高窓から覗くと首を吊っている恋人の姿が見えた。これはマズい、とつぐみに声を掛け、扉を破る手伝いを頼んだ。119番通報を行ったのは自分。金槌は靴箱の上で見つけた。ドアを壊して中に入って、堤下氏の身体をどうにか下ろした。その時、サイレンが聞こえたので、救急車が到着したことが分かった。つぐみが別室で娘を見つけたのもその頃だったと思う。救急車には自分が同乗した……。

　改めて俺が訊いたのは二点のみだ。一点目は「恋人である神田氏から見て、堤下氏は自殺しそうであったか」。二点目は、「娘である真里の反応はどうだったか」。

　一点目の答えは明白だった。

「……しそうな奴だったね。私なんて死んだ方がいいんだ、と急に泣き出したりね」

　近しい間柄である交際相手が「自殺しそうだった」と答えれば、警察も深くは捜査しない。ただでさえ、密室での首吊りだ。他殺と考える方が無理筋だ。

　二点目の答えもはっきりしていた。「分からない」という形でだが。

「さあ……。そこまで話したこともないし、今となっては話す機会もない。まだ入院中だっけ。それとも、もう親族に引き取られたんだったかな」

「事件当時はどうです？」

「その時もあまり見ていないんだよ。俺が電話の消防の指示で、呼吸を確認したり、胸元を弛《ゆる》めたりしている間の出来事だったから」

居酒屋の主人は自らも獺祭を呷り、こう続けた。

「辛《つら》いねえ……。死に別れるってのは、恋人との別れの中でも一番辛い。もっと何かが出来たんじゃないかと後悔ばかりだ」

死の兆候を読み取ることは容易ではない。自殺に気付けずとも罪はないのだ。そのことを上手く伝えられれば良かったが、口下手な俺はどう言葉を紡げば良いのかも分からず、黙って日本酒を呑《の》んだ。

人の死を止めることは難しい。その死によって傷付いた人の心を慰めることは、多分もっと難しい。

‡

「仲良くなったみたいだな」

そう声を掛けられたのは、姫子が近くの業務用スーパーに出掛けた後だった。

おじさんが夜は親子丼にしようと料理を始め、五分も経たずに鶏肉がないことに気が付いた。むしろ鶏肉がないのになんで作ろうと思ったのか。

「辛《かろ》うじて油揚げとネギはある。あと、蒲鉾《かまぼこ》。致命傷は避けたな」

「鶏肉がないのが致命的なんだよ」

その素材でできるのは親子丼じゃなくて衣笠丼《きぬがさどん》だ。

別の料理にするかと冷蔵庫を漁り始めたおじさんに、「買ってきます」と姫子が声を掛けたのが十分程前のことだ。

「何の話だ？」

「姫子ちゃんとの話だ。最近、一緒に出掛けることもあるようだし」

「ああ、まあ……」

それについては仲の良さは関係なく、事件を調べている関係上、仕方がないことなのだが、その辺りの事情を話すとややこしくなるので、黙っておくことにする。

誤魔化しも兼ねて、淹れ終わったインスタントコーヒーを一口飲む。……薄い。失敗した。

「家庭教師もやってくれてるのか？」

「一応は。子どもの勉強は難しいな」

「難しいか？　中学の頃のお前はテストなんて満点が普通だったじゃないか」

「内容は簡単だよ。分かるように説明するのが難しいんだ」

「頭の良い奴の悩みだな、それは」

くっくっく、と可笑《おか》しそうに笑う。

教育を研究していたおじさんが教えればいいのに、と思うが、良く考えるとこの人、石灘漱流の専門は、教育は教育でも幼児教育だった。それでも、教え方それ自体は俺より余程上手いだろうが。

「霖雨よ。何度も言った忠告になるが、自分の知識に関係なく、当事者の話は聞かないといけないぞ。他人を見下して耳を傾けなくなった瞬間、お前はただ頭が良いだけの人間になってしまう。知識を得た代わりに、知性や品性を失《な》くさないように気を付けないと」

「分かってるよ」

この人もそれなりの実績がある研究者だが、そのことに触れると、いつもこう返してくる。「私なんて実際に子育てをした全国のお母さんやお父さん、保育士や幼稚園教諭と比べれば、ちっぽけなものだよ」と。

卑下し過ぎた感のある物言いであるものの、それが彼の研究者としてのスタンスなのだろう。データを幾ら集めたところで、実際に命を慈しみ育てた人間の偉大さには及ばない。子育ての難しさを知っているからこその思想である。

「ならいいんだ。姫子ちゃんも、自分の言葉を聞いてくれると思うからこそ、お前に話すんだろう。大人である私達から見て間違っていたとしても、子どもの意見を否定してはいけない」

薄いコーヒーを一気に飲み干して、俺は訊ねる。

「姫子の、幽霊が見える云々についてか？」

「それだけじゃない。子どもが語ること全てについてだよ。霊に関しては、私は信じているよ。お前と違って信心深いから」

「俺だって人並みには信じてるよ。あの世とか、輪廻《りんね》転生《てんしょう》とか、そういうものは」

この世にはそうじゃなければ救われないことが多過ぎる。

生まれ変わった自分は、魂が同じであっても自分とは言えないだろう。人間は環境と関係によって作られるものであるからだ。だとしても、不遇の人生を過ごし、望まぬままに命を失った魂は、来世で幸せになっていて欲しい。その願いが宗教というものを創り出した。有史以来変わらぬ願いだ。だからこそ、今でも人間は神や仏に縋《すが》るのだ。

「そういう言い方をする時点で信心深いとは言えないな。神仏は人間が創造したものだと言ってしまっている」

「宗教とは人が造ったものだ、という意見を、神や仏の存在を否定しているとイコールで結ぶことはできないよ。宗教とは別個にあの世は存在しているかもしれないし、断片的に見た神や仏の姿に肉付けしたものが宗教かもしれない」

　古代の中国人は地球が動いていることを科学的な証明こそしなかったかもしれないが、天が落ちるはずがないことも、自らの立つ大地がちっぽけなことも知っていた。

「夫天地、空中一細物《天地は、この宇宙においては小さな存在に過ぎない》」。遥か昔、杞人《きじん》の憂《うれ》いの答え。杞憂《きゆう》という熟語の由来だ。

　そうしてこう続けるのだ。「天地が崩壊するというのもしないというのも間違いで、どちらが正しいとも言えない。生死も未来も私達は知り得ないのだから、そんなことを悩んでいても仕方がない」と。

「ああ言えばこう言う男だな。姫子ちゃんの霊感についても、そんな風に小難しい話をしたんだろう」

「小難しいかどうかは分からないが、納得したみたいだ」

「ならばいい。上手く付き合ってくれているのなら、姫子ちゃんについて、もう少し詳しく話してもいいだろう」

　姫子がこの家に来た理由の詳細を俺は知らない。

　何故、一条姫子という少女が栂辻姫子と母親の姓を名乗り、母親の従兄弟《いとこ》に引き取られることになったのか。やむなしな事情、としか聞いていなかった。

　人には見えないものが見えた、だけではないだろうが。

「とは言っても、お前も既に知っているような内容だ。姫子ちゃんの両親は、彼女が中学に上がる前、死んでいる。殺されたんだ、何者かに」

「ああ、そうなのか」

　あまりめでたくはない死に方だった、ということは聞いた覚えがあるが、殺人だったとは知らなかった。

「そうなのか、じゃないよ。姫子ちゃんの親はお前の親の従兄弟だ。あの時は私も葬儀に行っていただろう」

「親の従兄弟なんてほとんど他人だろ」

「……霖雨よ。まさかお前、私のことも他人だと思っているんじゃないだろうな？」

訝《いぶか》しむような視線には、大丈夫だよ、と応じておく。

「おじさんはおじさんだろ。分かってる」

「それだと理解しているかどうか判別できないが、まあ、いいだろう」

冗談である。流石に分かっていた。

石灘おじさんは叔父さん、俺の父の弟だ。

そんなおじさんは呆《あき》れたように言う。

「お前は本当に昔から、興味がないことは知らないな」

「興味がないから仕方ないんじゃないのか」

「興味がないのなら、わざわざ説明することもないな……。察してくれ。きっと想像した内容で合っている」

「想像か」

想像で良いのなら、こんな感じだろう。

一条姫子は両親が殺害される様子を見てしまった。犯人は捕まらず、周囲やマスコミに騒がれて、ストレスからか、学校にも行けなくなった。散々噂された所為で他人と接することも怖くなり、その上で他人には見えないものが見えたものだから、親族も扱いに困って、その様に彼女は更に傷付いて……。そんなところじゃないだろうか。

「概《おおむ》ねその通りだ。今、学校に行けていないのも、そういう事情からだ」

「やむなしだな」

「そうだ、どうしようもないことだ。だから暫《しばら》くはお前に家庭教師を頼むことになると思う。もしかすると、ずっとかもしれない。すまないな」

　構わないよ、と俺は答えた。

「姫子の事情に興味はない。誰にだってやむなしな事情はあるものだからだ。俺なりに考えて接していくよ」

「安心したよ。お前が姫子ちゃん本人にまで興味がないと言い出さなくて」

「興味がないとどうでもいいは別だ。興味があるって言ってしまうと、それはそれで変な意味合いが出てくるが」

　三十近い男が中学生の女子に「興味がある」と告げるのは問題だろう、色々と。

「今後も上手いようにやってくれ。私は中学生の女の子と話せるような話題を持ち合わせていないから」

「それは俺だって持ち合わせてない」

　むしろ俺が持っていると思ったのか？

　興味がないことは全く知らない人間なのに？

「あと、お前の口癖の話をしようと思っていたんだった。意味は分かるが、やむなしという言葉は通常、お前のような使い方はしない。日本語として間違っているから、姫子ちゃんの前では使うのを控えるように」

……努力はしてみよう。

‡

友人という存在が人生においてどのくらい重要であるかは歩む道程によって様々であり、一概には言えないことであるが、椥辻霖雨という人間にとっては、ウエイトが大きいものだった。

俺の友人がこの所感を聞けば、皆「またつまんない冗談言ってるね」「本気だとしたら恥ずかしくないの？」と口を揃えて揶揄い、笑うことだろうし、そんな展開が予期できるからこそ本人達には告げないのだけれど、それこそ冗談抜きで俺は彼等、彼女等に感謝している。他人からはよく「個人主義」「人の心がない」と言われるが、というか友人からもそんな風に評されるが、俺は孤独であることが苦でないだけであって、人並みには友達を大切に思っているつもりだ。

例えば、中学時代。俺があの事件の後も学校に通うことができたのは、何も変わらずに接し続けてくれた准のお陰だろう。変に気を遣うのではなく、かと言って、根掘り葉掘り詮索するのでもなく。友人として普通に接してくれたのだ。

『気にならないのか？』

俺の問いに、「気になるけど、友達に無理させてまで聞きたくはないよ。話したくなったら、話してくれたらいい」と返した彼女の笑顔は今でも覚えている。きっと当の准は忘れているのだろうが。

そして大学時代の俺が一人でなかったのは、俺を気に入り、何かと声を掛けてきてくれたつぐみのお陰だった。

入学当時、顔見知りは同じ高校から進学した准のみだった。ノリも人当たりも良いアイツの周りは人が途絶えることがなく、対照的に、俺は一人だった。仕方のないことだ。生まれつき無愛想で、その上、友人を求めていなかったのだから。好きでもない人間と合わせるくらいならば孤独な方がいい。そう考えていたのだ。

准もそういう俺の気質を分かっているから、自分の属するグループに入れようとか、友達を紹介しようとか、そういうことはしてこなかった。

『寂しくないの？』

声を掛けられたのは入学して二、三ヶ月経った頃だった。

音源に視線を向けると短髪の女子が立っていた。見覚えはあるが、名前は分からない。学部が同じか、それとも取っている講義が同じか。どちらだろうと思案しつつ、「なんでだ？」と問い返した。

ずっと一人だから、という返答に思わず苦笑した。その通りだが、初対面の相手に言うことじゃないだろう。だが、その歯に衣着せぬ物言いを妙に気に入った。

『私は古浜……古浜つぐみ。そっちは？』

『栁辻』

『下の名前は？』

『霖雨だよ』

『リンウ……？　どんな字？』

その説明が面倒だから苗字を名乗ったのに、という俺の物言いを笑い飛ばし、彼女は言った。いいじゃん、今から友達になるんだから、と。

『俺と友達になるつもりなのか？』

『そうだけど、資格が必要だったりする？　試験を受けなきゃいけないとか。だったらやめておこうかなー』

『そういうわけじゃない。なんで俺が、って思っただけだ。話して楽しそうな奴なら他に幾らでもいるだろうに』

『だって絶対面白いじゃん。大学みたいな、誰でも彼でもとにかく群れたがるような場所で、ずっと一人でいる人なんて。よっぽど人嫌いか、そうじゃなきゃ確固たる自分があるか。どちらかだよ』

こうして俺とつぐみは友達になった。否、これが契機となった。

この時点では俺は彼女のことを友人だと思っていなかったが、その後、どうでもいい話もどうでも良くない話もして、たまには遊び、同じ日々を過ごす中で、友達になっていったのだ。

後に聞いた話だが、つぐみは薄っぺらな人間と張りぼての交友関係に飽き飽きしており、本音で話し合える相手が欲しかったらしい。そんな中、俺を見て、何か感じるものがあったのだという。波長が合う、と言えば良いのか、仲良くなれる予感のようなものが。

彼女の見る目は正しかった。つぐみにとって俺は大学後も頻繁に連絡を取り合う数少ない人間の一人になった。そして、俺にとって彼女は、生涯における数少ない友人の一人だ。

大学時代の思い出には、大抵、彼女が絡んでいる。つぐみがいなければ、俺は学園祭に行かなかっただろうし、徹夜でカラオケとかたこ焼きパーティーとか、そういった大学生らしいこともほとんどしないままだったと思う。彼女の強引さやお節介のお陰で色々な経験ができた。

姫子のやむなしな事情を聞いて、俺がまず抱いた感想は「姫子にも良い友達ができるといいな」というものだった。

友人がいたからといって、心の傷が癒えるとは限らない。けれども、その傷に人生を支配されず、他愛もない会話を交わす日常を送ることができたなら、とても良いことだと思うのだ。

俺と違い姫子は好きで一人きりでいるわけではないのだから。

‡

翌日、俺は京都駅の喫煙所の前にいた。狭い部屋の中には男が五人。ここはいつも混んでいる。一服は諦めよう。肩を窄《すぼ》めながら吸っては煙草の美味さも半減する。そもそもとして嗜好品《しこうひん》だ。ゆっくり愉しめる場所で燻《くゆ》らせるべきだろう。吸わずにはいられない程のニコチン依存症ではないつもりだ。

ピースの箱を仕舞いながら待ち合わせ場所である駅正面に向かう。相手は約束の時間の十分前にやって来た。真面目なことだ。公僕らしい。

「悪かったね、未練《みれん》。東京からこんな遠くまで」

気にしなくていい、とノンフレームの眼鏡を掛け直し、男は応じる。

「最近は仕事で大阪と東京の往復だからね。休みに京都に来るくらいは大した手間じゃない。ちょうどこの辺りの仕事もあったし」

「食事は？」

「まだだよ。でも朝が遅かったから、食べてもいいし、食べなくてもいい」

「なら行こう。奢るよ」

「じゃあ高給取りの大学教授さんにご馳走《ちそう》してもらおうかな」

「何の冗談だよ。官僚であるお前の方が余程給与は良いはずだ」

男、椥辻未練は俺の従兄弟に当たる相手だった。地方の市役所の主事や主査をやっていそうな雰囲気だが、実際は警察庁に勤める警視というエリートだ。適当な調子からはとてもそうは見えない。ネクタイを締めていないのは、クールビズではなく、立場的に締めずとも問題ないからかもしれない。

駅から五分という好立地の日本料理屋に入り、座敷席《ざしきせき》を希望する。俺的にはお高い店だが、未練からするとどうだろうか。視線を遣る。「良い店なんだね、ここ」と返された。金銭感覚の乖離《かいり》はなさそうだ。

「酒は？」

「遠慮させてくれ。夜も仕事だから」

「忙しいな、官僚は」

未練は笑って応じる。

「厚労省の人間に比べれば欠伸《あくび》が出るくらいだよ。僕は大抵、終電前には帰れるからね。早ければ九時前に上がれるし。というか、僕はもう、遅くなったら帰らないから。職場に泊まる」

「それで欠伸が出るのなら俺達は寝てるも同然だ。インテリは大変だな」

「二十七で准教授やってる人間の方が余程インテリだよ」

「空きがあっただけだ。任期制だしな」

暫くの間、料理と歓談を楽しんだ後、本題に入る。大変忙しいこの官僚を呼び付けたのは、件《くだん》の首吊り事件の資料を貰う為だった。こちらはつぐみと違い、完全な守秘義務違反。地位がなければ許されないし、本来は地位があったとしても許されない。

頂戴したＡ４資料をパラパラと捲《めく》る。現場写真に見取り図、死因の説明。報道で見た文面やつぐみや神田氏から聞いた情報と一致する内容だ。

「処理は任せるけど、他人には見つからないように頼むね」

「大丈夫だ。大学教授も書類の破棄は得意だ」

研究資料には個人情報が書かれていることも多い。厳重に保管し、然る後、復元されないよう破棄しなければならない。特に俺のような研究をやっていると、自殺者の遺族や受刑者に直接話を聞くこともある。他人の目には触れてはいけないものだ。事例一の登場人物はＡ氏で構わない。

喉が渇いていたのか、緑茶をすぐに飲み干し未練は言った。

「あの町屋に纏わる噂については、結論から言うと、半分は合ってたよ」

「どの部分が合ってたんだ？」

「前の住人が首吊りで自殺していたことかな。その前の、明治時代に云々は、確認できなかった。まあ、資料もあまり残っていない時代のことだから、信じてくれてもいいし、信じてくれなくてもいいけど」

なるほど。准の話にしては精度が高い。

「あと、厳密に言うと、前の住民じゃないね。二つ前の入居者。一つ前には別の人が住んでた。男性の会社員。自殺はしてないよ」

「なら、二十年前にも首吊り自殺があった、が事実か」

「そうなるね。もう少し正確に言うと、十七年前。死んだのは梅津和代《うめづかずよ》さんって人」

俺達が十か、十一の頃か。まだ1990年代、世紀末だ。遠い昔のことのように思えるが、体感的にそこまで時代が変わった感じはしない。バブルは弾《はじ》けた後。

曰く、今回の事件とは類似点と相違点があるという。類似点は梁を使った自殺であること、部屋の内側から鍵が掛かっていたこと。相違点は、首を吊っている位置が床から百二十センチとかなり低いこと。

「百二十って言うと、俺達の腰より下か。また随分と低いな。縄が結ばれてたのは天井近くにある梁なんだろ？」

「そう。だから、梁に縄が括り付けてあって、だらー、っと伸びた先に、被害者が倒れていた感じだね。足は完全に着いてる。というか写真を見てもらえば分かるけど、座ってる」

座りながらの縊死は、実のところ、そこまで珍しいものでもない。ドアノブ自殺という言い回しがある程度には有り触れた事象だ。丈夫な紐と、少しの高さがあれば、人間は簡単に首を吊れる。手摺《てす》りでも、ベッドの柵でもだ。これらは非定型縊死と呼ばれている。

一般的に連想される高所の首吊りの利点は、落下の衝撃で頸椎《けいつい》損傷等が起こった場合、一瞬で意識が飛ぶことである。あるいは頸骨《けいこつ》にそれ以上のダメージが与えられれば窒息を待つまでもなく即死することもある。畢竟するに、苦しくないのだ。頸椎が無事であっても、人間は首を絞められると頸動脈洞反射《けいどうみゃくどうはんしゃ》が起こり、約七秒、長くても十秒程度で失神する。何にせよ、縊死は苦しみの少ない死に方だとされている。

「一般の人は、ドラマの影響からかな、首吊りには高さが必要だと思っているけれど、君の言う通り、頸動脈洞反射という現象があるからね。意識だけなら割と簡単に飛んでしまう。格闘技の試合でも落ちることは多いし、それを防ぐ為に、選手は首が極《き》まった段階でタップする」

警察官らしく未練が補足する。空手の経験しかない俺に対し、コイツは柔道も剣道も嗜《たしな》んでいる。柔和な顔付きをしているが、捕り物で犯人に負けることはまずないだろう。拳銃の狙いも正確だと聞いた覚えがある。大した男だ。

「被害者は梁から縄を垂らして、輪っかに首を通して、体重を預けた。十秒もしない内に意識はなくなって、見つかった時にはあの世だ。自殺ならね」

「何か気になることでもあるのか？」

含みのある言葉に問うと、未練は飲み物のおかわりを頼む。

「別にないよ。扉は引き戸だから、ドアノブ自殺はできない。ノブがないからね。縄の場所にしても、座って死にたかったのなら、納得できる。止めやすいしね」

椅子や机等を用い、自身の背丈以上の高所で首吊りを行った場合、意識消失寸前に死にたくなくなったとしても取り返しがつかない。足が着かないのだから。これをメリットと捉えるか、デメリットと捉えるかは人それぞれだろう。

扉は施錠されていた。ごく普通のサムターン錠。合鍵が造られた記録はなく、ピッキングの痕跡もない。隙間もなかった為、推理小説のようにワイヤーを用いて外側から閉めるというのも難しい。

梅津氏が自死したのは八月の暑い日曜日だったという。開け放たれた高窓から流れてくる生温《なまぬる》い風を感じながら、彼女は何を思ったのだろうか。

「この事件については、正直、僕はどうでもいいんだよ。仮に他殺だったとしてももう時効だし。あれ、時効だよね？」

「なんで警察官であるお前が把握してないんだ。時効はなくなったよ」

「そうか、時効撤廃は遡及適応か」

平成二十二年の法改正で殺人事件の時効はなくなった。この法改正時点で時効が完了していない事件に関しては時効の撤廃が適応される。平成九年に起こった殺人事件の容疑で平成二十五年に逮捕された人間がいる。

俺も法学者ではないので自信はないが、最高裁で遡及適応が合憲と判断されたことは覚えている。

「強いて気になる点を挙げるなら、二つだね。自殺したとされる梅津さんは精神的に不安定なところがあったらしい。アルコールへの依存傾向に、精神科への通院歴。眠薬が処方されてたかな」

「死亡時はどうだったんだ。アルコールや睡眠剤で縊死する前に意識を失っていた可能性もあるんじゃないか。他殺の目が出てくるだろう。索溝は一条だったとの記載があるが、首を絞めた後に吊るしたのではなく、吊って殺したのならば、首を絞めた痕は一つになる」

「遺体解剖みたいな詳しい調査はしていないみたいだね。血中のアルコール濃度が高かったとしても、事件性なしと判断されただろうけど。自殺の恐怖を紛らわせる為に飲酒を行うのは別におかしなことじゃない」

「確かにな」

睡眠剤を飲み曖昧な意識で首を吊れば、それこそ夢見心地で死ぬことができるだろう。不自然ではない。自殺を踏《ふ》み止《とど》まる、あるいは、自殺を踏み止まってしまう大きな理由の一つは死への恐怖なのだから。故に練炭自殺のような気付かぬ内に死ねてしまう手法が人気となる。

「そういった諸々《もろもろ》もあって、娘と二人暮らしだったけど、あまり円滑な子育てはできてなかったらしい。これが二つ目。凶器になったロープは梅津さんが近くの量販店で買ったものみたいだけど、そういうことに使われていたとは思いたくないね」

そういうこととは、例えば言うことを聞かないからと子どもの手足を縛ったり、罰と称してヒーターに括り付けたりするようなことだろう。あまり想像したくない事象だが、そう珍しい事例でもない。

「言葉を返すようだが、子育てに円滑だなんて言葉は合わないな。子どもを育てるってことは登山みたいなものだ。途中で必ず険しい地点が出てくる。知り合いからの受け売りだが」

「金言だね。覚えておくことにしよう。結婚の予定はないけれど」

「結婚したいのか？」

「好きな人とならね。あと、子どもは欲しい。二人か三人」

庶民的な願いを口にする警察官僚。未練は椥辻の家の本家筋の人間なので、色々な事情もあるのだろう。その点、俺は気楽なものだ。継ぐ家がない。世話になっているおじさんの墓の管理くらいはしていきたいと思っているが、それも先の話だろう。否、先の話だと信じたい、が正確か。

「お前の夢には貢献できそうにないから話を戻すが、子どもはどうなった？」

「梅津さんの？　さあ？　親戚に引き取られた、って記録はあるけど……。梅津秋季《あき》ちゃん。当時十歳だったかな」

「同年代か。俺がこうして適当な人生を過ごしている一方、様々な理由で苦労している人間がいると思うと、泣きたくなるね」

「その割に冷たい目をしてるけどね、君。昔から変わらず、血じゃなくて雨水が通っているんじゃないかと思う程に冷たい瞳だ。目付きの悪ささえなければ、もっとモテただろうに」

「余計なお世話だ」

それに、と柔和ながら心を読ませない笑みを見せ、未練は続けた。

「君だって、色々苦労している方だと思うんだけどな。中学の頃の出来事とか」

「…………」

今でも鮮明に思い出せる。そう、あの日も雨だった。俺の人生の転機となる日は、いつも雨だ。

トラウマにはなっていない。繊細な性質《たち》ではなかったのだろう。思い出したところで、苦しいとか悲しいとか、その手の感情を抱くことはない。けれども幾らでも鮮明に想起できるのも事実だった。頬を伝う鮮血の温かさも、その血を洗い流した雨の冷たさも。遠い過去は心にしっかりと刻まれて、ふとした瞬間触れると、そこに傷痕があることを思い出す。改めて、理解する。

しかし、それがどうしたというのだろう?

「それこそ、余計なお世話、だよ。生きていれば、どうしようもなく辛いことの一つや二つはある。未練。お前だってそうだろ」

「まあね?」

きっと誰にだって事情はある。俺が知らないだけでおじさんにもあるだろうし、准にもつぐみにもある。姫子は……言うまでもない、か。

俺の意見は変わらない。問題はその差異をどうするか、どう生きていくかだ。人と人が付き合っていく以上、違いがあるのはやむなしで、大切なのは、その上でどうするか。至極、当たり前の結論だ。

未練はまた笑う。今度は裏表のない、素朴な微笑《ほほえ》みを見せた。

「僕は昔から、君のそういうところが好きだな。自分と他人を徹底的に分けた上で、それでも一緒に生きていく為にどうするかを考える姿勢が」

「自分が他人と違うのは当然のことだろ。人間は一人では生きられない。協調はやむなしなことだ」

「そう言い切れるところが好きなんだ。きっと、姫子ちゃんとも上手くやってるんだろうね」

「……それは分からん。女子も子どもも苦手だ」

コイツと一緒に暮らした方が姫子は幸せだったかもしれない。俺と違い、未練は適当に他人と合わせることが上手い。エスコートの仕方も心得ている。俺にとって姫子ははとこなのだから、未練にとっても姫子ははとこだ。

コイツは多忙な一人暮らしであるから、無理な相談だが。

「そうそう、霖雨。折角だから姫子ちゃんの話をしようと思ってたんだ」

「姫子の？」

「うん。あの隠してある右目、見たことあるかな？」

目深に被ったフード、黒の前髪、そして眼帯。徹底的に隠された少女の右目。

その目は過去を見ている。残留思念。存在の残滓《ざんし》。二十一グラムの一欠片。望もうと望むまいと死者の想いが見えてしまうという少女の瞳は、人の魂のように、微かに輝いていた。

姫子の右目を見たことがあるか？　という問いに対し、俺は首を振って否定したが、実際には一度だけある。

彼女がやって来て、すぐのことだった。俺は家を出て数分後、携帯電話を忘れたことに気付き、取りに戻った。目薬を差した時だろうと当たりを付け、洗面所の扉を開けた。一糸纏わぬ姿の姫子がそこにいた。俺とおじさんが出掛けたことを確認し、朝風呂に浸《つ》かろうとしていたのだろう。白い肌と対照的に真っ赤に染まる頬ははっきりと思い出せる。

俺は即座に扉を閉めたのだが、その直前の姫子の対応は変わったものだった。彼女は咄嗟《とっさ》に、右目を手で覆ったのだ。裸体を見られた際、真っ先に隠そうとするのは胸部や股間部だろう。普通はそうだと思う。しかし、姫子はまず目を隠した。彼女にとって最も見られたくない部位はその瞳なのだろう。

そして、理由も分かった。一瞬だが、見えてしまったのだ。その特異な目を。光を放っていると錯覚するほど美しい、白銀の瞳を。

「いや、見たことないな」

嘘を見抜かれぬように目を閉じ、そう応じる。

人間は嘘を吐く時、右上を見る傾向がある。過去を思い出す時には左上。右脳と左脳の構造の違いに由来するものだと聞くが、詳しくは分からないし、そこまで信じてもいない。万が一に備えてだ。

「ということは、見たことあるんだね？」

「……なんでそうなる」

「君、気付いてないかもしれないけど、嘘を吐く時に目を閉じる癖があるよ。視線から考えを読まれることを防ごうとしているんだろうけど、そういう対策をするなら、考え事する時は常に目を閉じないと」

流石は警察庁のエリート。人間観察ではとても太刀打ちできない。思考まで完全に読まれていた。小細工を弄するものではないな、と反省。馬鹿が露呈した。

「無意味に嘘を吐くタイプじゃないから、見た、と言いづらい理由があるのかな。当ててみようか？」

「勘弁してくれ」

「分かった、勘弁しておくよ。その返答で大体察しは付いたから」

「…………」

コイツの下で働いている人間はさぞかし苦労するだろう。ご愁傷様である。

「見たことあるのなら話は早いね。あの子の右目は変わっているんだ。銀色というだけで珍しいのに、加えて黒とのオッドアイ。他人に見せたがらないのも分かるよね。ただでさえ、あれくらいの年の女子は周囲の反応を気にするから」

「隠している理由はそれだけじゃないだろ」

「うん。彼女の右目は、左目と比べて、かなり悪い。人の判別もできないくらいらしい。何よりも、あの瞳は人の魂が見える」

どうもそうらしいのだ。あの少女は霊的な存在が見えると聞くが、正確には、霊を見ることができるのは右の瞳。故に、彼女は目を隠している。その奇異な瞳を他人に見られぬように、望まぬものを見てしまわぬように。

尤も眼帯で隠していても、ある程度までは見えるらしい。霊感というやつは能力というよりも呪いだな、と思ってしまう。

「それより未練。お前、そういうオカルト的なことを信じる方だったか？」

「警察官をやっていると、結構、奇妙な事件にも遭遇したりするからね。それに僕は元々、信心深い方だよ。そっちは？」

「俺はいつも通りだ」

「大事なのは、差異があることと、その差異を認めた上でどうするか、ってことか。彼女の能力が本物であろうと、精神病の類であろうと、どちらでも構わない、と」

実際問題、そうだろう。そうでしかない。俺は名の知られたシャーマンでもなければ、研鑽《けんさん》を積んだ精神科医でもない。霊感なのか幻視なのかは判断できないし、判断できない以上、そんなことは有り得ないと断言するのもおかしい。

科学は絶対ではなく、万能ではない。それを認めることで科学は宗教を離れ、科学となるのだ。目視できる事柄、再現できる事象しか信じないというのなら、宇宙の果てを論じることはできなくなる。霊的存在を信じる科学者が少ないのは、幽霊がいないからではない。存在する根拠が限りなく乏しいからだ。その点を履き違えてしまうと、科学は探求するものではなくなり、信仰の対象に成り果てる。俺の持論だ。

しかし、そんな心情も素知らぬように未練は断言する。

「姫子ちゃんの能力は本物だよ。安心していい。しなくてもいいけど」

「本物、と言うと、彼女には間違いなく霊が見えている、ということか？　何をどう安心すればいいのか分からないが、お前がそんな風に断言するのは珍しいな」

「これでも警察官だから」

「警察官関係あるか？」

「アメリカでは超能力者が捜査に協力することも多いよ」

「誤解を招く言い回しだ」

あたかも、捜査機関が超自然的能力を持つとされる人間に協力を仰いでいる、という事例があるかのようだ。俺の知る限り、そんな事実はない。実際のところは、被害者や超能力者側から申し出があり、警察が検証を行っているに過ぎない。

「まあ、それは冗談だけど、彼女の力は本物だと僕は思う。根拠は示せないから、別に信じてくれなくてもいいけど」

「元々、信じているよ」

「……半分くらいは？」

「そう、半分くらいは」

「仮に姫子ちゃんが事件の真相を言い当て続けても、君はきっと、半分は信じないままなんだろうね。確率の上ではどんな偶然も起こり得るから」

そう、限りなく乏しい、ということは有り得ないと同義ではない。コインを投げて百回表が出続けることも、確率上は有り得る事象だ。有り得ないことではない。試行回数が無限回ならば容易に有り得るし、無限回の試行回数で有り得るということは有限回の試行回数で登場しないということでもない。

けれども、未練は「そんなに難しい話じゃないよ」と笑い、こう続けた。

「半分信じてて半分信じないくらいでいいんだよ、そんなことは。だって、彼女に霊感があるか否か、幽霊が見えるかどうかなんて、『枷辻姫子』という人間を構成する一要素に過ぎないでしょ？」

だから君が身近に接する大人で良かったよ、と未練は纏めた。

そんな大仰な話でもないと思うが、確かに、言う通りだ。霊が見える云々は俺と彼女の無数に在る差異の一つに過ぎない。そのことだけに囚《とら》われず、彼女自身を見るべきだ、ということだ。

出来ているかどうかはともかくとして、そう在りたいものだ。

‡

姫子の霊的な能力が本物か、否か。

未練は「本物だよ」と言い切ったが、俺にとってはどうでもいいことだった。本人が自慢しているのなら、准辺りに話して、心霊スポットに遊びに行かせてもいいが、どちらかと言えば疎んでいるように見える。また、霊感がある人間は曰《いわ》く付《つ》きの場所には行きたがらないものだ。

どうでもいい。そう思っていたのだが、未練との食事を終え、会計を済ませ、外に出た段階でどうでもいいとは言えなくなった。

「ああ、そうそう。資料を渡した代わりに、やって欲しいことがあるんだよね」

「交換条件ってやつか」

「うん。やってくれてもいいし、やってくれなくてもいいんだけど、姫子ちゃんと一緒に指定した場所に行って、見てきて欲しいんだよね」

「何を？」

「幽霊」

……幽霊？

「追って連絡するよ。パソコンのアドレスに送っておくから。それじゃ」

困惑する俺を置いて、未練はタクシーを呼び止め、さっさと行ってしまった。

さっぱり分からないが、姫子の能力を使って、何かをさせたいということは理解できた。あるいは、彼女が本物の霊能力者と理解させたいか。

どちらでも構わないが、とりあえず帰ってパソコンを見ることにしよう。

椥辻未練からの依頼を纏めると、こうだ。

「あるマンションに赴き、部屋の中に霊がいるかどうかを確かめて欲しい」。

住人は警察官、未練の同僚の男性。少し前から連絡が取れず、行方知れずになっている。誰にも知らせず自分探しの旅に出てしまったのか、それとも不慮の事故や事件に巻き込まれ命を落としてしまったのか、それはまだ分からない。捜索願も出していない状態だという。

問題が二つ。

一つ目。ロックが掛かっているためにパソコンが開けないのだ。

言うまでもなく彼は警察の人間。その気になればパスワード程度、専門の人間に命じて突破させることができる。しかし今回の場合、まだ事件と決まったわけではない。大々的な捜査はできない。

パソコンの中を調べられれば行先《いきさき》や失踪の理由も分かりそうなものだが、何せ、捜索願が出ていない。現状は無断欠勤を続けているだけ。

二つ目。未練は男と連絡が取れなくなった後、部屋を訪れたのだが、室内で嫌な気配を感じたらしい。

「その男の霊がそこにいるってことか？」

『僕はそう思ってる。幽霊になってる、ってことは、死んだ、ってことだ。詳しく調べないといけないけれど、確証がない』

「姫子が霊を見ても確証にはならないだろ」

まあね、と電話の向こうの未練は笑う。

『だからどっちでもいいんだよ。やってくれてもいいし、やってくれなくてもいい。霊を見てくれたら万歳。その霊からパスワードを聞き出してくれたら万々歳』

「そんな上手くいくか？」

『上手くいかなかったところで損はないからね。元の状態に戻るだけだよ』

元々、これは警察内の縄張りの問題であるらしい。

失踪したと思われるのは警察庁の人間。だが、実際に失踪したとなれば、捜査を行うのは所管警察、即ち京都府警。警察庁としては京都府警に借りを作るような形になってしまう。それは望ましくない。できることならば、警察庁側で失踪したという痕跡を先に摑《つか》み、捜査の主導権を握りたい。そういう話だ。

正直な感想を述べると、とんでもなくどうでもいい。警察のメンツなど、俺が知ったことではない。どちらにせよ、やがては家族が捜索願を出すのだから、それまで待てばいいだけの話だ。

普段ならばそう言ったところだが、今回、俺には弱みがある。自殺の資料を受け取ってしまっているのだ。無碍《むげ》にするわけにはいかない。

姫子に訊いてみるよ、とだけ告げ、電話を切る。

「姫子君」

「……何？」

リビングでバラエティー番組を見ていた少女は、こちらを向き、小首を傾げた。

完全なる無の表情だ。ぎゃーぎゃーと元気に騒いでいる若手芸人も、カメラの向こうの視聴者がこんな風に眉一つ動かしていないと知れば、心が折れてしまうかもしれない。

「未練が……。ああ、未練っていうのは、俺と同じで君からするとはとこに当たる存在なんだが、」

「……知ってる。会ったことある」

「なんだ、知ってるのか」

「……眼鏡の人でしょ。背の高い」

なんて雑な認識だ。その特徴だけ挙げると俺にも当《あ》て嵌《は》まるだろ。

「……その人がどうかしたの」

「なんて言えばいいんだろうな。同僚が幽霊になって部屋にいるかもしれないから、確かめて欲しい、的な……」

口にしていて我ながら変な説明だと思うが、実際、その通りなのだから仕方ない。どうせ断るだろう。そう思いながら、未練からのお願いを話して聞かせる。豈図《あにはか》らんや、姫子は「行く」と即答した。

「行くのか？」

「行く」

「警察の縄張りなんてどうでもいいだろ」

「……でも、その人が本当に死んでいたら、可哀想だから」

「死んで幸せな人間は少ないだろうな」

「そうじゃなくて……。連絡は取れなくて、死んでいるかもしれないんでしょ？　だったら、見つけてくれるのをずっと待ってるかもしれないから……」

なるほど、そういうことか。

事件にせよ事故にせよ、遺体が見つかればすぐ捜査だ。そうなっていないということは、何処か、気付かれないような場所で野垂れ死んだか、下手をすると殺されて山にでも捨てられたかだ。どちらの場合でも可哀想と思う気持ちは理解できる。

無念云々を抜きにしても、遺体はさっさと見つかった方がいいだろう。日数が経てば証拠は消えていく。病死ならば血栓により血管が詰まった跡、殺人ならば爪の間に入った犯人の皮膚片や繊維。

このまま見つからないまま時が過ぎれば、何故死んだのか、そもそも死んだのかさえ分からなくなるかもしれない。

「無理しなくていいんだぞ。資料の礼なら、俺がしておくから」

「……無理じゃない」

「そうか」

ご指名の姫子が行くと言っているのだ。俺が拒むのもおかしい。

俺はスマートフォンの画面から再度、未練の連絡先を出した。

‡

明くる日、俺達は四条烏丸に向かうバスに乗っていた。

姫子が承諾したことを伝えると未練は「そうなるだろうと思ってた」と笑った。真逆の推測だ。俺はてっきり、断るものだろうと考えていた。

しかし、未練から言わせると自明のことであるらしい。

『君に信じて欲しいんだよ、姫子ちゃんは。本当に幽霊が見えるんだって。だから、見せびらかしたりはしないだろうけど、能力を証明できる機会があれば喜んで協力すると思うよ』

そんなものか。

仮に姫子が霊を見て、更にその霊からパスワードを聞き出したとしても、俺は半分は信じないままだろうが、確かに、自分のことを誰かに理解して欲しいと願うのも人の心情だ。

それはともかくとして、姫子の反応を予想して頼み事をしてきたとしたら、本当に性質が悪いな、アイツ……。

行き先は四条烏丸駅から徒歩五分。市バスを降り、マクドナルドの前を通り、人の多い烏丸通りを北上していく。この地域はいつ来ても人が多い。高層ビルが大通りに沿って隙間なく立ち並んでいる。四条烏丸・烏丸御池《おいけ》間は、京都市内で最も都会な一角だ。

もう少し北に行くと大きい本屋がある。二軒。しかも同じ系列の店が。大学の周りには書店も少ない。折角だから帰りに寄って行こう。

昼食を何にするかを姫子と話し合っている内に目的地に到着した。

大通りから一本入った場所にある、五階建てのマンションだった。特にこれといった特徴もない古びた建物だ。一階にコインランドリーがあるのが少しばかり珍しいかもしれない。多分、部屋が狭過ぎて洗濯機を置けないのだろう。

管理人室の戸を叩くと、定年退職後の小遣い稼ぎとして仕事をしているらしい七十前くらいの男が出てくる。未練の名前を出すと、「ああ、警察の人ね」と鍵を渡してくれた。

おいおい、大丈夫かここのセキュリティー。中学生を連れて捜査している警察官なんていてたまるか。

しかし、こちらにとっては好都合。訊かれてもいないのに、あれやこれやと説明する必要もない。有り難く鍵を受け取って、エレベーターに乗る。

失踪したらしい警官の部屋は五階の角だった。カード状の鍵を差し込み、回す。

中に入る前に一応確認。

「大丈夫か？」

「……何が」

そんな答えを返せる時点で問題ないと判断し、ドアを開けた。

何の変哲もない男暮らしのワンルームだ。ベッドがあり、机があり、本棚があって、脱ぎ捨てられたシャツがある。捜査資料なのか、大量のルーズリーフがクリアファイルに入れられ、放置してあった。

姫子の方を見る。暫く目を細めていた彼女は、やがて眼帯を外した。

白銀のような瞳が、露《あらわ》になる。仄《ほの》かに光を放っていると錯覚してしまう程に美しい目が。

「誰かいるか？」

「……いる」

本当にいるとは思わなかった。

場所を問う。本棚の前とのこと。俺も目を遣るが、何も見えない。

「勝手に部屋に入るなって、怒ってないか？」

「……多分、怒ってない……。よく見えないから、分からないけど……」

「パスワード、教えてもらえそうか？」

「…………」

「なんだ」

急に黙った姫子は、ぽつり、と呟いた。

「……私は、話せるわけじゃない……」

そりゃそうか。話せていたなら、あの町屋にいる霊に訊ねているはずだ。犯人は誰ですか、と。そうしていないのだから、彼女は見え、声が聞こえるだけで、意思疎通ができるわけではないのだ。

やや落ち込んだ風にも見える姫子を後目に、パソコンの電源を点ける。デスクトップがファンの音を響かせ起動する。映し出されるのはパスワード入力画面。

「誰かいると分かっただけで収穫か……」

未練も喜ぶはずだ。いや、同僚の死が確定するのだから、悲しむだろうか。

ふと、机に放置されていたルーズリーフが目に入る。伏見区《ふしみく》で起こった連続殺人の記録らしい。全て手書きで、ご丁寧に下部にはページ番号が付けてある。

何かが変だ。

しかし、何が変なのだろう？

デスクチェアに腰掛け考えていると、姫子が言った。

「……資料」

「え？」

「紙に書いた、って言ってる……かもしれない……」

自信のない口振りから察するに、本棚の前にいる誰かは、「書いた」「紙を見てくれ」というようなことは伝えてくるが、肝心の何を書いたのかは言ってないらしい。

どうも幽霊というやつはままならない。人間なのだから当たり前か。

ただ、その紙というキーワードで思い付いたこともある。もしや、と思い、引き出しを開ける。あった。綴《つづ》り紐《ひも》だ。

「姫子」

「……何？」

「ちょっと時間が掛かるけど、いいか？」

俺がまず行ったのはファイルを集めることだった。

何がおかしいのか、今ならばはっきりと分かる。

これだ。ルーズリーフをクリアファイルに入れていることが奇妙なのだ。

メモを取り、とりあえず保管する為に入れるのならば分かる。が、完成しているらしい資料をフラットファイルに綴《と》じもせずに置いているのは妙だ。

順番を変えられるように？　なら、リング式のファイルを買ってくればいい。

畢竟するに、だ。この部屋の住人は、ルーズリーフを重なった状態で置いておきたくなかったのである。不都合があったのだ。

ページ順に綴り紐で綴じていく。そうして全てを一纏《ひとまと》めにすると、横から資料を見てみる。

「……あった」

本状になったルーズリーフの側面部に、パスワードらしき文字列が記されていた。

パソコンに打ち込んでみる。ロックはあっさりと解除された。

仕事柄、分厚い本を読むことが多い。内容の濃い文献や小辞典の類では数センチの厚さになる。姫子の読んでいる魔法使い学校の物語だって、五センチくらいはあっただろう。だから気付くことができた。

塵《ちり》も積もれば山となるように、紙も束ねれば本になる。

「さあ、後は未練の仕事だ」

「…………」

「どうした？」

「……役に立たなかった」

なんだ、そんなことか。

「人間なんだから上手くいかないこともあるだろ。お前の見えているものは俺には見えないが、百発百中の方がむしろ怪しいと思うよ」

姫子が残念そうだったのは、役に立たなかったからというより、俺に信じさせる機会を一つ、逸してしまったからかもしれない。

昼食を食べる場所を考えながら、そんな風に思った。

‡

大学において最も面倒な行事の一つが補講だろう。人も疎らな大教室で白墨を走らせながら、ぼんやりと考える。

一講座の講義は十五コマと決められている。天下の文部科学省からの通達だ。私立大学だからといって無視するわけにはいかない。だが、分野によって九十分掛ける十五回では収まらないもの、反対に、十五回も必要ないものと様々だ。画一的に決め付けるのは実態を無視しているのではないかと反論したい。

実態の無視で言えば補講もそうだ。十五回分講義を行う為、何かしらの理由でコマ数が確保できない際、俺達は土曜日に補講を開催する。しかし、この出席率が途轍《とてつ》もなく低い。百人以上が登録している講座なのに、出席しているのが一桁ということさえある。

学生達にもそれぞれ生活があるので土日の出席は難しいのだろうが、ただ「十五回行った」という書類上の実績の為に補講を開催するのは、帳尻合わせであって、本末転倒ではないだろうか。

その反抗からか、この学部には、事務室には補講を行うと連絡した上で実際には講義をしない先生がいる。無論、学生には伝えてある。形だけの講義を、本当に形だけにしてしまっているのだ。

俺はそこまでは振り切れないから、こうして土曜日に二十人足らずの学生に向けて、教鞭を振るっている。

何より概論なんて話しても話しても、話し足りないもの。試験にこそ出さないが伝えておきたいことなんて山ほどある。

現代の社会学の主な論点を整理している間に九十分が経過した。例の如《ごと》く、興味を持った分野は研究してみてくださいという結論に纏める。環境社会学におけるリスクの概念なんてベックと宇澤《うざわ》先生の話をするだけで小一時間掛かる。

さっさと帰ろうと板書を消し、荷物を纏める。

「センセー、上七軒で起こった自殺って知ってます？」

ミスオカ所属のチェック柄に話し掛けられる。知っているが、と応じつつ振り返る。

「流石、先生。自殺には詳しいですね」

青年の隣に座る黒髪が微笑む。

今日は三人組ではなく二人。眼鏡は確か、土曜はバイトだ。

「俺の専門を何だと思っているんだ」

「……アリバイトリック？」

「犯罪に至る要因と自殺だよ。アリバイを研究している大学教授がいたら教えて欲しいくらいだ」

そんな人間がいるのなら今回の事件について意見を聞きたい。

黒髪は鬱陶しそうな長い髪を弄びつつ言った。

「ふふ、でも先生。あの事件は実は自殺ではない、ということはご存知ですか？」

「……いや、知らないな」

少し迷ったが、とぼけておくことにする。

自殺ではないということは、即ち、他殺。コイツ等がどうしてそう考えたのか、誰から他殺説を聞いたか、探ってみるのも良いだろう。

「あの家では、過去にも自殺者が出ているんです……。人呼んで、『旧七本松通の首吊り町屋』」

「つまり、呪い、ってことですよ」

「…………そうか、良かったな」

そんな勿体《もったい》ぶって言われても反応に困る。

「あー、センセー、信じてないでしょ」

「信じないわけじゃないが……」

その怪談はもう、とうの昔に聞いているんだよ。お前達のサークルのＯＧから。

‡

講義後、俺は大学近くにあるマクドナルドのテーブル席に座っていた。正面には姫子も腰掛けており、フィッシュバーガーを齧っている。眉一つ動かないが、美味しくないわけではないのだろう。頻繁に手を伸ばしていることから察するにフライドポテトは気に入ったらしい。観光地の近くにあり客足が絶えないこともあってか、揚げ具合がちょうど良いのだ。

雨が降っているわけでもないのに、何故か迎えに来た姫子を見つけたのが三十分程前。ちょうど昼過ぎだからと昼食を食べて帰ることにした。

「何か食べたいものあるか？」

「……何もない」

「食べられないものはあるか？」

「……特にない」

というやり取りを経て、ファーストフード店に入ることになった。

この一帯は俺にとっては馴染みの地域。わざわざハンバーガーチェーン店を選んだのは、「子どもなのだから、たまにはジャンクフードも食べたいだろう」という考えがあってのことだった。

大人は子どもに健康的な料理や一流の味を食べさせたがるが、子どもの側はコンビニで買えるスナックや駄菓子の方が好きだったりする。そんなものだ。元より料理に優劣はない。存在するのは他者からの評価と自分の中の価値観だけである。

一足先に期間限定メニューを食べ終えた俺はインスタントな味のコーヒーを口へと運びつつ、店内を見回してみる。土曜の昼過ぎということもあり、大半の席が埋まっていた。ここはいつも混んでいる。支店名は「金閣寺店」らしいが、そう呼んだ覚えは一度もない。地元の人間や学生からは、専《もっぱ》ら「わら天神のマクドナルド」と呼称されている。周辺の飲食店は大体そうだ。分かりやすさとイメージを重視しているのだろう。西大路と廬山寺通《ろざんじどおり》の交差点と正確に説明しても、観光客どころか、市内の人間にも伝わらないかもしれない。

姫子の方を見る。まだハンバーガーを食べていた。小さな口を少しだけ開けて、僅かに齧る。食べ終わるのはもう少し先らしい。

手持ち無沙汰になったので、ヒューズボックスから問題用紙を取り出す。姫子から分からないので見て欲しいと頼まれていたものだ。図形を見て角度を求める問題。答えは出ている。講義の合間に解いていた。

「……分かったの？」

「この問題ならな」

テーブルに紙片を広げる。長方形ABCDを折った図の、角度xを求める問いだ。

「帰ってからもう一度説明するから食べながら聞いてくれればいいが、この手の角度を求める問題は、分かっている角度を全て書いていけば、自ずと答えが出る」

「………………」

「なんだ」

「……書いた」

確かに書いてある。

言い方が悪かった。

「訂正する。自ずとは出ない。分かっている角度を全部書いて、その上で、一つか二つ、分からない角度を求めれば、xが何度か分かる。この問題の場合、元が長方形だから……なんだったかな。同位角だったか？　とにかく、線分ADと線分BCに現れる二つの角度が等しいことが導き出せる」

要は、慣れ、だ。若しくは興味を持てるかどうかだ。俺は角度問題と確率問題は昔から好きだったので、今でも人並み以上に解ける自信がある。

一通り説明した後に少女の方を見る。黒い片目が細められていた。分からなかったわけではないのだろう。恐らくは期待した答えではなかったのだ。

「知りたかったのは、こんな問題の答えじゃなく、事件のことだろ。何か分かったか訊きたくて、迎えに来たんじゃないのか？」

「……うん」

「なら期待には応えられない。まだ半分くらいしか分かっていないし、それも推測に過ぎないからな」

「…………」

沈黙し、目を見開く姫子。一体なんなんだ。

やがて少女は言った。

「……半分は、分かったの？」

なるほど、そういうことか。「半分くらいしか分かっていない」という俺の言葉を、彼女は「半分も分かった」と捉えたらしい。ポジティブな解釈だ。コップの中に水は半分も残っている、というやつ。

「期待させて悪いが、半分は分かってないってことだよ。全て分かっていないと意味がない。動機があるとか、凶器が近くで見つかったとか、それ等は事実でも、その事実だけで犯人かどうかを判断することはできない。冤罪になるからな」

「……そう……」

無表情ながら些か落胆した風にハンバーガーの残りを食べ始める。

最初に言ったはずだが俺は探偵でも刑事でもない。過剰な期待を寄せられても困るのだが、何か悪いことをした気になってくる。やむなしだ。少しは希望を持たせることを言ってもいいだろう。

「真相を見抜ける保証はないが、もう少しくらいは調べてみるさ」

言葉に姫子は小さく頷いた。僅かにだが、彼女が笑ったような気がした。

‡

部屋の中を見に行くが、どうする？　という問いに、姫子は相変わらずの独り言のような声量で「一緒に行く」と応じた。

俺と姫子が事件の捜査を始めてから、もう一週間経とうとしている。集められる証拠は凡そ集めた。思えば現場を写真でしか見ていないと気付き、事件が起こった町屋の所有者に連絡を取った。家主は近所に住む初老の男性だった。「自殺のことを調べている」と告げると、あからさまに不機嫌そうになったが、最終的には「いいですよ」と了承してくれた。

姫子は手にしていたハードカバーに栞《しおり》を挟むと、片付けと準備の為か、私室のある二階へと上がっていく。読んでいたのは魔法使い学校の物語。世界的ヒット作だが、彼女は未読だったらしい。ここ数日、熱心に読み進めている。

この家はとにかく本が多い。おじさんは元研究者、俺は現役の大学教員なので、否《いや》が応《おう》でも書物は増えるのだが、研究とは関係のない一般文芸や児童書も相当量ある。本を読む家系なのだ。思えば父もよく読書をしていた。

読書は、義務教育段階で推奨される行為だが、学校が幾ら推し進めても仕方のない部分がある。習慣の側面が強いからだ。読書の習慣のある家に生まれた子どもは、多くの場合、本を好むように育つ。いや、「家族が本を読む趣味のない家の子どもは本に興味を持ちにくい」と言うべきか。学歴に関する事柄は、実のところ、かなり生育環境に左右されてしまう。

堤下氏の自宅写真を思い出す。玄関や台所には中身の入ったゴミ袋が置かれ、廊下の半分は物で埋まり、私室は脱ぎ捨てられた服が散乱していた。ああいった環境で育った子どもは掃除が不得手であっても仕方ないと思う。掃除をする、整頓をする、という習慣がないのだから、学校で清掃活動を熱心に教えても、生活に根付いた応用方法が分からない。

同じ家で自殺した梅津氏。彼女が暮らしていた頃は真逆だ。室内は不自然な程に整理されていた。大きな本棚には児童書や図鑑、計算ドリルが整然と、そして隙間なく並んでいる。教育熱心な人だったのだろうと推測できるものの、あれはあれで、子どもは勉強嫌いになりそうだ。

部屋の在り様一つで性格を断じ、是非を論じるつもりもないが、対照的な二人の寡婦がどちらも子どもと上手く付き合えていなかったという点は面白い。いや、興味深い、か。生きることも育てることも、本来、とても難しいことなのだろう。

そんな思案をしている内に姫子が戻ってきた。パーカーを着ている。さっきまで普通の服装だったというのに、わざわざ着替えてきたらしい。どうにかして白銀の瞳を隠したいという強い意志が窺える。

今日は久々に一日を通して快晴だった。さぞかし夕暮れも綺麗に見えることだろう。夕刻に差し掛かりつつある京都を二人で歩いていく。女子と歩くと大変だ、歩調を揃えるのが難しい。相手が子どもならば尚更。

旧七本松通に入り、准の言うところの『首吊り町屋』の斜向《はすむ》かいの家のチャイムを押す。出てきた禿頭《とくとう》の男性は怪訝《けげん》そうな表情だ。「お電話した栁辻です」と告げると、ああ、とまた面倒そうに奥に引っ込んでいき、鍵を持って戻ってきた。

「はいこれ。玄関の鍵」

「ありがとうございます」

「はー……。もうすっかり首吊りの名所みたいになっちまった。オバハン共はどうしようもないな。あることないこと語りやがる。十年だか、二十年だか前の首吊りの話が、ようやく薄れてきた頃だってのによ」

「ははは……」

「アンタ、そのちっこいの子ども？　奥さんと一緒にあの家借りるつもりない？」

遠慮しておきます、と返すと、「鍵はこの家のポストに入れといて」と言って、男は引っ込んでいく。ほとほと参っている風だ。災難だとは思うが、打開策もない。気の利いた慰めの文句も思い付かない。

振り向くと、現場である一軒家には、入居者募集中の張り紙があった。申し訳ないが、暫くは誰も借りないだろうなと思う。人が死んだ場所。好んで寝泊まりをしたがる人間は少数派だ。

「……ちょっと待って」

小さな声に気付き、目を遣った。姫子が眼帯を外す。その人魂のような、白銀の瞳が露になる。

そのまま彼女は静止する。黙ったまま、じっと数メートル先の家屋、一人の女性が自殺したとされる町屋を見つめている。俺には見えぬ何者かが、そこにいるのか。人の魂とでも言うべきものが、彷徨っているのだろうか。

やがて眼帯を着け直した姫子に俺は訊ねた。

「誰かいるか？」

「……いる。前と同じ子ども。けど……」

「けど？」

「……前より薄くなってる。もうすぐ、消えるのかも……」

霊的な事柄には疎い。喜ぶべきことなのか、それとも悲しむべきことなのか、よく分からない。

分からないのならば訊く他にない。

「薄くなって、消えるのか？」

「……うん。いなくなる」

「成仏したってことか？」

「……分かんない。でも、時間が経って、いつの間にか消える時と、切っ掛けがあって消える時がある」

なるほど。勝手な推測だが、前者は自然消滅し、後者は成仏した、ということなのだろう。

強い無念がある人間が地縛霊になるのだと聞いたことがある。想いが、その地に魂を縛り付けてしまうのだ。死んだ人間が全員、霊として残るならば、この世界は霊だらけになる。特定の条件を満たした者だけが霊になると考えるべきだろう。その条件が心残りなのだ。

恐らく、霊として存在し続けるには時間制限があり、時が経てば自然と消え去ってしまうものなのだと思う。そう考えなければ、名のある合戦場には討ち死にした人間の霊が山ほどいることになってしまう。

「極論を言うと、放っておいても消えるのか」

「……うん……」

無表情のまま、けれど、何処か寂しげに姫子は頷いた。なら放っておけばいい、と言われたように感じたのかもしれない。

そういう意味ではない。ただの確認だ。

「心残りがなくなっても消えるのなら、そっちの方がいいな。放っておいても終わりが来るのは生きている人間も同じだが、だからと言って生が無意味とは思わない。それは虚無主義だ。どっちにしろ終わるのなら、より良い過程とより良い結末を目指した方がいいはずだ」

「…………うん？　うん……」

「心置きなく消える方がいいだろ、って話だ」

無念に思う心があるから、そこには心残りがある。心残りがなくなれば、心置きなく成仏できる。そういう道理なのだろう。

もしかすると姫子の目は死んだ人間を見ることができるのではなく、人の心が見えるのかもしれない。

霊感のない俺には霊がいる場所に近付いたとしても不調を感じることはないが、姫子は別だろう。そう思い、「付いてくるか？」と再度確認する。少女は黙って首肯した。どうやら大丈夫らしい。

アコーディオン式の門扉を開け、玄関のドアに鍵を差し込む。姫子の姿が見えないと思ったら、俺の斜め後ろに隠れていた。俺の身体を壁代わりにして子どもの霊から姿を隠しているらしい。どうせ見えないので一向に構わないのだが、若干、釈然としない気持ちもある。人を視線除《しせんよ》けに使うな。

扉を開ける。家屋内は綺麗なものだった。当然か。事件から時間も経っているし、入居者を募集している状態だ。

玄関左手には備え付けの靴箱があった。ハンマーが置いてあったのはこの上か。靴を脱ぎ、フローリングに上がる。玄関から続く廊下は奥の居室、自殺現場に繋がっている。その手前、右手側にはユニットバスとトイレ、台所があった。写真で見た通りだ。それぞれ扉を開けてみるが、特に不審な点はなし。というより何もない。

ふと、背に隠れている姫子が、俺の服を握り締めていることに気付く。裾を握る手は力を入れ過ぎている所為か、それとも恐怖からか、小刻みに震えている。

「怖いのか？」

「……怖くない」

「本当に？」

「…………こわく、ない。……子ども扱いしないで」

「なら進むが……」

返答には不安が残ったが、本人が了承しているのだから、これ以上、あれこれ言うのは余計なお世話というものだろう。背後霊に成り果てた姫子を連れて廊下を進んでいく。霊に憑《つ》かれるとこんな気分なのかもしれない。

寝室の扉は修繕済みだった。襖風の引き戸だ。すぐ右側には別の扉があった。開けてみる。小さな部屋だ。中には何もないが、恐らく、つぐみが被害者の子を見つけたのがこの場所だろう。

「さて」

一拍置く。俺は一呼吸置く必要は全くなかった。後ろの少女に「今から扉を開けるぞ」と伝える為の一拍だ。

引き戸を開ける。そこには吊るされた女の姿が、ということはなく、ごく普通の居室が広がっていた。大学生が使うワンルームのような広さの部屋だ。やはり、室内には何もない。当然か。奥の壁の高窓だけが寂しげに存在感を示している。

見上げると大きな梁がある。想像していたよりも位置が高い。上背のある俺ならば余裕だが、一般的な体格の女性ならば椅子を使ってどうにか届く程度だろう。言い方は悪いが、首を吊るには良い高さだ。

その瞬間、どさり、という何かが落ちる音が耳朶《じだ》に届いた。まさかと思い、背後を振り向く。姫子が尻餅をついていた。

顔から血の気が失《う》せている。呼吸が速い。立ち上がろうと壁に手をつこうとするが、掌《てのひら》はそのまま滑り落ちる。手足が痺《しび》れているらしい。

「……姫子。落ち着け、大丈夫だ。もう帰ろう」

少女は速く浅い呼吸のままに首を横に振る。何を言いたいのかは分からないが、症状は分かる。過換気症候群だ。心理的負荷から呼吸が浅くなり、二酸化炭素を放出し過ぎた結果として血液がアルカリ性に傾き、息苦しさと手足の痺れに襲われる。

まさか、何かを見たのか？　この部屋に何かがいるのか？

扉を閉め、姫子を抱き抱える。痙攣《けいれん》する十四歳の身体は同じ人間と思えない程に軽い。なんて馬鹿なんだ、俺は。「子ども扱いしないで」なんて強がりを真に受けて。幽霊が見えようが何がどうだろうが、子どもだろうに。子どもじゃなければ何だと言うんだ。

「落ち着け。大丈夫だから」

過換気に陥った人間に掛ける定型文。知識だけはあった。お決まりの文句を言い聞かせながら、俺達は家屋を後にする。姫子は震えたまま、俺の胸に顔を押し付けていた。それで嫌なものが見えなくなるのなら、幾らでも目隠しとして使ってくれ。大人げなく不快に思ったりなんてしないから。

‡

幸いにもすぐに姫子は回復した。いつものことだから、大したことないから、歩いて帰るからと色々言ってきたが、俺は無理やり彼女をおぶった。抵抗はなかった。まだ上手く手足を動かせなかったのかもしれない。

少女を背負い、夕暮れの道を行く。姫子は黙したまま、やがて俺の首に手を回してきた。こうもしっかりと抱き着かれると気恥ずかしくなる。特に、背中で感じる柔らかな感触が。反応に困る。勘弁してくれ。

「……ねえ」

姫子が呟く。「ごめん」。何がだ？　と問うと、迷惑掛けたから、という答えが返ってきた。何を馬鹿なことを。

「気にするな。子どもってのは、大人に迷惑を掛けるくらいでちょうどいいんだよ。だから、いいんだ」

「……子ども扱いしないで」

言うに事欠いて、なんて可愛げのない奴だ。そう感じる一方で、俺を抱き締める腕の力が強まったことを感じる。つっけんどんな返答は照れ隠しだろうか。だとしたら、子どもらしく、可愛らしい。

暫し間を置き、姫子が問い掛けてくる。

「……ねえ」

「なんだ」

「……気にならないの」

「何がだ。体重のことなら安心しろ。軽過ぎて心配になるくらいだ」

「……うるさい」

そうじゃなくって、と続ける。

「……なんで、倒れたのか、とか……」

「ああ、そのことか。お前が言いたいなら言えばいい。言いたくないのなら黙っていればいい。話したいか？」

「……うん」

「じゃあ、話してくれ」

姫子は言った。あの部屋には人がいるのだと。それも、表にいる子どもとは比にならない程の圧力を持った人間が。憎悪に満ちた存在が。

「なんで」。女はそう言い続けていたらしい。どうして自分が死ななければならないのか、何故自分が殺されないといけないのか。「なんで」という一言に怨嗟《えんさ》を込めて、延々と繰り返していたという。姫子はその姿に怯《ひる》み、恐怖して、倒れてしまったらしい。

「そうか。あそこには誰かいたのか」

「……見えなかった？」

「ああ。悪いが、何も」

「……私が見たことも、信じてない……？」

「……前に言った通りだ。半分は、信じていない」

答えに迷うも、「信じている」と偽るのは俺のスタンスに反する。何よりそれは誠実ではない。上手く慰めることができないのならば、気休めの言葉など、吐くべきではないのだから。

そっか、と少女は呟いた。酷《ひど》く寂しそうに。

「……最初にあなたに会った時、怖い人なのかな、と思った……。でも、優しい人なんだな、と分かった……」

「そうか」

「……でも、今は……分からないな。あなたのことが……」

「……そうか」

何を言うべきか分からず、そうか、ともう一度繰り返す。

俺には見えずとも、彼女には見えたのだ。だとしたら、「信じている」と言うべきだったのだろうか？　思ってもいない、浅はかな慰めをするべきだったのか？　分からない。分からないんだ。

「……でも。きっとあなたは……『他人なんて分からないものだ』って、言うんだよね……」

その通りだった。そして、俺はそれでいいと思っている。

姫子は黙って、一層腕に力を込めた。訳の分からぬ存在を、その形をどうにかして確かめようとするように、俺を強く、強く、抱き締めた。

助けを求めたのは誰か

僕の研究している犯罪社会学について、少し、話させてください。

犯罪者、という単語に良いイメージを抱く人はいないでしょう。自分とは全く無縁の存在だと思っている方も多いかもしれません。被害者になることはあっても、加害者になることは有り得ない、と。

けれども、僕に言わせれば、誰だって被害者に成り得るのと同じように、誰もが加害者に成り得ます。加害者にも事件に至った背景があるからです。

こういう話をすると、「被害者軽視だ」「犯罪者擁護だ」という批判を頂くのですが、それは的外れな反論で、けれども一面ではその通りです。人は間違いを犯す、という考えが根底にありますから、それを罪を犯した人間の擁護だと言うのならば、その通りなのだと思います。

被害者の気持ちを考えて欲しい、という意見も頂きます。理解はできますが、この批判は無理筋だと考えています。僕は被害者について論じていないからです。「被害者は加害者を許すべきだ」という風に勝手に読み替える方がいらっしゃいますが、違います。許す、許さないは当人の問題なので、第三者が口を挟むべきではないというのが僕の考えです。ただ、その感情と量刑は別個に存在していることも、忘れるべきではないと思います。

僕の専門は、「何が犯罪と見做《みな》されるか」「どんな要因で人間は犯罪を起こすか」についての研究です。そこから派生して、「犯罪を減らす為に何ができるか」ということも論じています。

人は何故、罪を犯すのでしょうか。

そのことが分かれば、傷付く人を減らすことができると考えています。

‡

姫子が家出したのは、それから二日後のことだった。

しかしながら「家出」と言っても、一般に想像されるそれとは随分と違った。

その日の朝、姿を見掛けないなと思い、俺はコーヒーを淹れるついでに冷蔵庫にある予定表を見に行った。栦辻姫子の欄には「家出」の二文字があった。隣には「夕方には帰る」とも。

「…………」

色々と言いたいことがある。

まず家出というものは、こんな風に知らせる事柄ではないだろう。大抵の場合、黙って出て行くか、そうでなければ口喧嘩《くちげんか》の末に「こんな家出て行ってやる」と吐き捨てるのが常であり、懇切丁寧に伝えるものではない。

そして夕方に帰ってくるのならば、それは最早《もはや》「外出」である。補導され、結果的にその日の内に戻ることはあっても、最初からその日の内に戻ると決めて出発する家出は中々ない。

「夜までに戻るならそれでいいが……」

戻ると分かっていれば安心できるので良いのだが、それはそれとして、この行為が紛れもなく家出であるのならば、考える必要があるだろう。何故、彼女が家出をしようと思ったのか、について。

思い当たる理由は一つしかない。

あの日、俺が姫子を背負い帰った時、彼女は「あなたのことが分からない」と言った。恐らくはそれが原因だろう。わだかまりのある俺の視線を気にすることなく考え事がしたかったから、家出という形で外出したのだ。

どれ程思案したところで、きっと疑問の答えは出ない。俺と彼女が違う人間である以上、分からないのが当然なのだから。他人を理解するという行為は一生涯掛けて行うもの。分からないことを気に病む必要はない。やむなしなことなのだから。

いや、俺がこんな物言いをしたから、分からなくなったのか。

「分からないな、他人ってのは……」

所詮、これらは俺の推測。想像に過ぎない。こんな妄想はてんで見当違いなのかもしれない。

姫子が俺のことを「分からない」と思うように、俺も姫子のことが分からない。だから、やむなしなことだ。そう言い聞かせながらコーヒーを口へと運んだ。


これで彼女が戻らなければ一大事だったのだが、姫子は宣言通りに帰ってきた。時刻は午後六時前。確かに夕方。夕食を過ぎても帰ってこなければ捜しに行こうと考えていたので拍子抜けしたが、とりあえずは安心した。

リビングにやって来た姫子に、おかえり、と声を掛ける。

「……うん」

そう小さく応じ、フードを脱ぐ。相も変わらずの無表情だ。果たして怒っているのか、悲しんでいるのか。まるで分からない。

外出の理由について訊ねたいところだったが、「家出はどうだった？」と問うのは無神経が過ぎるし、良い質問も浮かばない。黙っておくことにする。姫子は姫子で、同じように黙ったまま、ただリビングのソファーに腰掛ける俺の後ろに立っていた。

「……ねえ」

「なんだ」

「…………」

「なんだよ」

無言に振り返ると、少女は顔を伏せていた。何なんだ、一体。

やがて、言った。

「……ごめん」

「何の話だ？」

「……色々……」

要領の得ない答えを返すと、階段を上がっていく。深く問われたくない、ということだろう。そう解釈した俺は、このことについて、何も訊かないことに決めた。

彼女が何を考え、何を思ったのか。それは結局、分からないままだった。

‡

准から、この喫茶店に姫子が来ていたことを聞いたのは、その翌日のことだった。久しぶりに一杯呑もうかとふくい軒に赴き、カウンターに腰掛けた時、お冷を持ってきた准が言った。

「昨日、姫子ちゃんが来てたよ」

「……姫子が？」

「喧嘩《けんか》でもした？」

どうだろうな、と言葉を濁す。誤魔化したわけではない。本当に分からないのだ。オーダーを聞いた准は、そのまま隣に腰掛ける。職務放棄。そうして、「おばちゃん、私もスクリュードライバー」と注文する。おいおい、仕事中じゃないのか。自由人だな、コイツは。

「霖雨。怒らないで聞いて欲しいんだけど」

「なんだ。怒らない保証はできないが、聞いてやる」

らしくもなく真剣な面持ちで、准は話し始めた。

「昨日、姫子ちゃんが来た、って言ったよね」

「ああ。世話になったな」

「ううん、私は接客しないで話してただけだから」

「働け」

どういう雇用契約になっているんだ。

「それでさ、今日は一人？　って訊いたら、頷いて、何か悩み事？　って訊いたら、また頷いて、良かったら聞こうか？　って言ったんだよね」

茶色いサイドテールを解き、髪を伸ばしながら、その時の様子を説明する。

束ねた髪を解くのは営業モード終了の合図。これから先は全て本音。真剣な話をするということだ。

「……何か言ってたか？」

「君のことが分からない、ってさ」

予想していた通りの内容の悩みだった。

果たして、答えは出たのだろうか。

「昔からあんな奴だよ、って言っておいたんだけど、あんまりにも悩んでたから、何か話した方がいいかな、って思って、あのこと、話しちゃった」

「どのことだよ」

「中学の頃の話」

「中学のどの話だよ」

「ほら……。君が事件に巻き込まれて、危うく殺されるところだった話、だよ」

ああ、それか。

「姫子ちゃんが悩んでたから話しちゃったけど、君の過去を勝手に話したわけじゃん？　それって凄く失礼だよね。親しい中にも礼儀あり、でしょ。だから、話した後に言うのはズルなんだけど、ごめん、ってこと」

そんなことを気にしていたのか。やはり、変なところで常識的な奴だ。

確かに一般的な感覚ではショッキングな出来事に入るだろうが、俺は気にしていないし、隠しているわけでもない。自分から話さないだけだ。文脈を無視し悲惨な体験を語るのは自己満足的だという思いもある。

「前も言ったと思うが、事件のことは何とも思っていない。だから、お前が誰かに喋ったくらいで怒ったりはしない。怒るとしたら、勝手に俺が気にしてる風に解釈していることだ」

「でも、それでも勝手に話しちゃうのは違うんじゃない？」

「……准。お前のことは多少、分かってるつもりだ。長い付き合いだからな。お前は面白半分で他人の過去をバラす奴じゃない。悩んでいる姫子の為を思って、話したんだろ。なら、それでいい」

「私を信じてるって話？」

調子を取り戻し、にやにやと笑いながら問い掛けてくる准。

腹が立ったので、あえてつれなく言ってやる。

「お前を信じる判断をした自分の判断を信じているという話だ。お前が考えなしに他人の過去を話す、人間として下劣に分類される人種だったとしても、その本性を見抜けずに信じる判断をした自分が悪いと思う」

「持って回った言い回し過ぎて良く分からないけれど、悪い気はしないかな。でも良かった。じゃあ、仲直りの乾杯をしよっか」

「仲直りも何も、俺は最初から怒ってないんだが……」

かんぱーい、という掛け声に渋々グラスを合わせ、カクテルを一気に飲んだ。准の杞憂はどうでもいいが、姫子はどうだろう。

俺が気になるのは一つだけ。

あの事件の話を聞き、姫子が何を考え、思ったかだけだ。

家に辿り着いたのは日付が変わる前だった。

久々に、限界まで飲んだ気がする。真っ直ぐ歩けなくなっていた准はタクシーに押し込んでおいたし、大丈夫だろう。酔い醒ましも兼ねて夜道を歩き、途中、気持ち悪くなって徒歩を選択したことを後悔したが、何はともあれ自宅に辿り着いた。

二階に上がるのは無理そうだ。今日はソファーで寝よう。明日は仕事もない。

そう決めて、覚束《おぼつか》ない足取りでリビングの扉を開ける。

「……おかえり」

姫子がいた。一人用の安楽椅子に座っていた。こんな時間まで起きているなんて珍しいな。そう思いつつ、「おう」とだけ返しておく。

最大四人まで座れる巨大なソファーに腰を下ろし、そのまま寝転がる。まったく、よく飲んだ。明日は二日酔いかもしれない。

「……お酒、飲んできたの？」

「見ての通りだ」

「……水、持ってこようか？」

「ありがたい」

立ち上がり、キッチンに向かう姫子。気が利く奴だ。何か彼女について思案していたと思うが、なんだっただろうか。

ああ、そうか。俺が巻き込まれた出来事について聞いたんだったか。何を考えたのだろう。心境の変化はあっただろうか。まさか、同情で優しくしてくれているわけではないだろうが。

やがて戻ってきた姫子は、テーブルの上、ちょうど俺の手が届く位置にミネラルウォーターのペットボトルを置いた。ありがとう。もう一度、礼を述べると、彼女は小さく頷き、そのまま俺の隣に腰掛ける。

「……なんだ。酔っ払いの観察日記でも付けるのか？」

「違う」

酔いの回った視界では、少女はより一層、綺麗に見える。十以上年下の子どもに言うことではないが、本当に美人だ。普段ならば大人としての妙なプライドが邪魔して絶対に思えないだろうが、今は素直にそう感じられる。

口に出すのは問題があるだろうし、何より恥ずかしいので、やめておく。アルコールの入った状態で不用意な言葉を吐くものではない。そういう歯の浮くような台詞《せりふ》は未来の恋人が幾らでも言ってくれることだろうし。

「あなたが飲み過ぎるなんて、珍しいね」

姫子の言葉には、「まあな」と返しておく。

色々あるんだ、大人には。子どもだって同じだろうけど。

「……子ども扱いしないで」

「はいはい、分かったよ」

無言になる姫子。俺も喋ることがないので黙ったまま。

……というかコイツ、いつまで隣にいるつもりなんだ？　子どもは早く寝ろ。

そんな風に考え始めた頃、少女が沈黙を破った。酔っていた所為で気付かなかったが、話し始める為の決意を固めていたらしい。

「准さんと飲んできたの」

「まあ、そうだ」

「……聞いた？」

「何をだ」

「…………」

黙るなよ、怖がらせたかと思うだろ。

「……私が、あなたの過去の話を聞かせてもらったこと」

いつもにも増して小さな声で姫子は呟く。なんだ、またその話か。

「ああ。お喋《しゃべ》りの准が色々言ったみたいだな」

「……怒ってる？」

「怒ってないよ。お前がどう思ったか知らないが、俺は気にしてないからな」

「……でも、目の前で人が殺されちゃったんでしょ……？　私ならきっと、トラウマになる……。それなのに私は、この人がこんなに冷たいのは、辛い経験をしたことがないからだって思っちゃってたんだ……！」

「気にするな。俺も気にしていないから」

「でも……！」

俺が中学生の頃の話。もう何年も前の出来事だ。

家族旅行で東京に出掛けた。母親の買い物があまりにも長いから、俺はこっそり家族から離れ、一人で散策することにした。大都会の真ん中は見たこともないものばかりで、見て回るだけでも楽しかったことをよく覚えている。

その時だった。俺が殺人事件に巻き込まれたのは。

所謂、無差別殺人というやつで、ナイフを持った男が次々と人を襲った。幼かった俺は「怖い」という感情すら抱けずに、何が起こっているのか全くもって現状を理解できず、呆然《ぼうぜん》と立ち尽くしていた。

男が振るった凶刃が若い女の首筋を切り裂き、跳ねた血が俺の頬を濡らした。

次は自分の番か。そう思った瞬間、男は若い警察官に取り押さえられた。近くの交番に勤務していた警官は、たった一人で殺人鬼に立ち向かったのだ。

代償は大きかった。若き警察官の胸には刃が突き立てられた。

一目見て、助からないと分かる傷だった。しかし、それでもその警官は怯まなかった。決して男を離さずに、それ以上、一人の被害も出さなかった。

「……珍しい経験だ。でも、時折はあることだ」

頬に付いた血はやがて降り出した雨が洗い流していった。

鮮血の生温かさ。雨の冷たさ。どちらもはっきりと思い出せる。

「…………」

押し黙る姫子。けどな、と俺は続ける。

「あの事件で心に残ったことがあるとすれば、そんなことじゃないんだ。……泣いてたんだ、その男は。人を何人も殺しておきながら、取り押さえられた男は、涙を流してた」

そして、男を捕まえた警察官は言ったのだ。

大変だったよな。辛かったよな、と。

息絶えるまでずっと、男の手を離さずに、そんな言葉を掛け続けていた。

「……変な話だろ。男は殺人鬼ってやつで、漢字を見れば人ですらない。鬼だ。そんな鬼みたいな奴が、人を恐怖のどん底に落として、命を奪ってた奴が……泣いてたんだよ。尚も奇妙なことに、今まさにソイツに刺されている警官は、同情して、慰めの言葉を掛けていたんだ。変な話だろ」

その光景に比べれば目の前で人が殺されたことも、自身が殺されるかもしれなかったことも、どちらも些細《ささい》過《す》ぎる。

知りたかった。男がどうしてそんな凶行に及んだのか。それを止めた警官は何故、男の心情を理解することができたのか。分からない。分からないんだ。あの時も、今もずっと。分かりたいと思っているのに、分からないままだ。

「……だから、犯罪の研究をすることにしたの……？」

「そういうわけじゃない。成り行きだよ。興味があっただけだ。でも、興味を持った原因の一つはこの事件かもしれないな」

「………」

「そんな悲しそうな顔をするなよ。昔の話だろ。たまにはある話だろ」

男にも事情があった。だから、仕方がなかったのだ。

そんな結論にするつもりはない。男が無関係な人々を殺傷したのは事実で、失われた命は戻ってこず、今も心に傷を抱えたままの被害者や遺族も多いだろう。到底、許されることではないと思う。

だからこそ、そこに事情があったのなら、それを明らかにしたいのだ。

差異を見つけ、凶行を防ぐ為に何が必要だったのかを考えたい。「アイツが悪い」で済まさずに、その深淵と向き合い続けたい。

恐らく俺は一生、あの警察官のようにはなれない。他人の為に命を懸ける善人にはなれないだろう。だから代わりに、ずっと考えていこうと思う。罪を犯すということ。それを裁くということについて。

「そうだ、それで思い出した。姫子、お前に言わないといけないことがあったんだ」

「……何？」

「犯人、分かったよ」

「…………え？」

呆気に取られた様子の少女に言う。

「首吊りの犯人だよ。分かったんだ」

「……本当に……？」

「まあな。でも、改めて理解したこともある。やむなしなことだよ、こんなのは。俺が真相を見抜いたところで何も変わらないんだ。事件は起こってしまったんだから」

首吊りがどうとか密室がどうとか、全てくだらない。謎を解いても意味はない。

殺人事件がパズルとして扱えるのは推理小説の中だけで、現実には謎を解くよりも重要な事柄がある。犯人が何故事件を起こしたか、どう罪と向き合っていくかだ。そちらの方が余程に大切で、謎やトリックは枝葉に過ぎない。

俺の過去を知った今ならば、この少女も分かってくれると思う。

そう、俺が巻き込まれたあの事件がそうであるように、最後に残るのは無味乾燥の情報。文字と数字の羅列だ。時は全てを過去にし、何もかもが忘れ去られていく。

けれども、そこに生きた人間がいたということは。

被害者も、そして、加害者も、一つの命と魂を持つ人間だったということは、決して忘れるべきではないと思う。

「変な話を聞かせて、悪かったな。さあ、もう寝ろ。俺も寝るから」

そう告げて、俺は少女の頭を撫《な》ぜた。

‡

姫子には俺には見えないものが見えている。それが真実かどうか、俺には確かめようがないが、彼女の言い分が全て正しいと考えよう。即ち、彼女には人の魂、残留思念が見えていると。

姫子が最初に見つけた霊は、自殺した堤下法子氏の娘、絵里だろう。「お母さんを助けて」。そう言っていたという。

だが、自殺現場にいた霊は堤下氏ではないらしい。姫子曰く、人の形を留めていないので断言できないが、前に死んだ人だろう、と。十七年前に首吊りを行ったとされる梅津和代氏と推測される。

梅津氏は「なんで」「どうして」と繰り返し続けていたらしい。ならば、恐らく彼女の自殺は本意ではない。本意で自殺する人間がいるかどうかは議論があるが、俺が言いたいのは、彼女は自分で首を吊ったわけではない、ということだ。

何者かに殺されたのだ。

どちらも首吊りで、どちらも密室。

けれど、どちらも自殺ではなかったのだ。

‡

人気の花見スポットである平野神社だが、梅雨の時期は人も少ない。今日も平日の昼過ぎということもあって周囲に人影はなく、ビニールに覆われた露店だけが寂しげに立ち並んでいる。

ここを待ち合わせ場所に選んだ理由は特にない。事件現場に近く、人がいなければ何処《いずこ》でも良かった。

隣に立つ姫子は些か緊張したような面持ちだ。無理もないか。まだ何も伝えていないのだから。犯人が誰なのかも、どういうトリックを使ったのかも。

そうして彼女がやって来る。

「ちょりーす、お二人さん！　こんなところに呼び出すなんて、どうしたの？」

古浜つぐみはいつも通りの軽い調子だった。トレードマークであるハンチングキャップを手で弄びながら、歩いてくる。

「悪いな、つぐみ。忙しいのに」

「いいよー。事件のことでしょ？」

「まあな」

「立ち話もなんだし、そこらのお茶屋にでも入ろっか？」

折角の申し出には首を振る。

「いや、いい。すぐ終わる。長々と話す内容でもない」

「でも……」

「つぐみ、結論から言う。間違っていると思ったら反論してくれ。聞きたくなければ聞かなくてもいい」

やむなしだ。全て、やむなしなことなんだ。

そう自身に言い聞かせ、俺は告げた。

「お前が犯人だな？」


旧七本松通の町屋で起こった首吊り自殺。

しかし、あれは自殺ではなかった。殺人だったのだ。

その犯人は目の前に立つ女。俺の大学時代の友人、古浜つぐみだった。

「へえ……」

つぐみは否定も肯定もしなかった。ただ面白いと言わんばかりの笑みを湛《たた》えた。

あるいは、興味深い、というような微笑を。

「どうして私が犯人なのか、教えてもらおっかな。姫子ちゃんもビックリしてるみたいだし。ああ、その前に、どうして自殺じゃなくて殺人と思うのかを教えてもらおうかな？」

「単純な説だよ。馬鹿みたいなことだ」

堤下氏は町屋の中、鍵の掛かった私室の中で首を吊っていた。

密室だ。中から施錠してあり、合鍵もなく、ピッキングの痕跡もないのならば、自殺と考えるより他にない。それが狙いだったのだろう。「被害者が中から鍵を掛け、首を吊ったのだ」と思わせることが。

自殺と思わせる為の密室は自殺であるならば不要な部分であって、だからこそ、俺はこの事件が気になった。

「合鍵はない……。ピッキングでもない……。だとしたら、外から密室が作れるナイスなトリックがあるのかな？」

「そんなものはない。そんな仕掛けがあったとしても俺には分からなかっただろう」

何せ、俺は探偵ではなく研究者なのだから。密室を解く方法など学んでいない。

「じゃあ自殺じゃないの？　中から鍵を掛けた、ってことじゃん」

「その通りだよ。鍵を掛けたのは中からだ。だから、お前が犯人なんだ」

鍵を掛けたのは、つぐみではない。

かと言って、被害者である堤下氏ではない。

「お前が神田氏と部屋に入った段階では、まだ、中に人がいたんじゃないのか。堤下氏の娘である真里が」


密室とはなんだろう。

さしてミステリに詳しい訳ではないので分からないが、一般に「密室」と呼称される状況は、「遺体のみが室内にあり、内側から施錠されている状態」だと思われる。

だから自殺と判断するしかない。

だが、別の人物が中にいたならば話は別だ。

中の人間が鍵を掛ければ良いだけなのだから。

「つぐみ、お前は言ったな。部屋の引き戸には鍵が掛かっていて、神田氏がハンマーで扉の一部を破壊し、鍵を開けたと」

しかしこの時点ではまだ、被害者以外の人間がいたのだ。

鍵を掛けた人間。娘である真里が。

「その後、お前達は堤下氏の身体を下ろし、ベッドに横たえた」

「うん。不審な個所《かしょ》がある？」

「ないな、この時点では。問題はその次だ」

救急隊が到着した頃、つぐみは別室で娘の真里を見つけた。

そう説明されたが、実際は違ったのだ。

つぐみは別室で被害者の真里を見つけたのではない。室内にいた少女を、神田氏の目を盗んで外に出し、さも今まさに保護した風に報告を行ったのだ。

「お前にせよ、神田氏にせよ、不審な行動は一切していない。相互に無実を証明している状態だからだ。例外があるとすれば、二人が共犯だった場合だが……。そんな可能性を考えるまでもなく、唯一、お前と神田氏が別行動だった時がある」

「……それが、子どもを見つけた時……？」

姫子の言葉に頷き、続ける。

「直接話を聞いてはっきりしたよ。神田氏は真里を見つけていないんだ」

事件当時、娘である真里の様子はどうだったか、という問いに、彼はこう答えた。

『その時もあまり見ていないんだよ。俺が電話の消防の指示で、呼吸を確認したり、胸元を弛めたりしている間の出来事だったから』

娘を別室で見つけたのは、あくまで、つぐみ一人。加えて応急措置を行っていた神田氏はその様子を目撃していない。

畢竟するに、だ。「つぐみが別室で娘の真里を見つけた」という一点は、一切の証拠なく、つぐみの証言のみで成り立っている事柄なのだ。

「だからお前しか有り得ないんだよ、つぐみ」

「面白い推理だけど、穴がない？　霖雨の推測だと、真里ちゃんは部屋の中にいたんだよね？　小さな子どもと言っても、人一人を見落とすことなんてある？」

「普通はないかもしれないな」

「だったら、」

「だが、目の前に首を吊った女がいる、という異常な状況下では十分に有り得る」

認知科学の実験で、「見えないゴリラ」と呼称されるものがある。

被験者にはバスケットボールの試合映像を見てもらう。ただし、ただ見るのではなく、Aチームの選手が何度パスを出したかを数えながら観戦してもらうのだ。この実験の真意は試合の趨勢《すうせい》やパスの回数云々ではない。流されるバスケットボールの映像は、実は、所々でゴリラが映り込んでいる。

常識的に考えれば、ゴリラが画面に映ればそちらが気になって、パスを数えるどころではない。だが実験結果は異なる。凡そ半数の被験者はゴリラの存在すら気付かない。「パスを数える」ということに脳のリソースを割いた結果、無意識で不要な情報をオミットしてしまうのだ。

人は思ったよりも、世界をそのままに見ていない。自分の視界が正しいという認識は幻想に過ぎない。

「眼前に首を吊った恋人。部屋は足の踏み場がない程に物で溢れている。……脱ぎ散らされた服の山や中身の入ったゴミ袋の陰に子ども一人が居たところで、気付かないだろうさ」

「…………」

「死を予期させるようなメールを送ったのもお前だろう、つぐみ。恋人である神田氏がすぐに来れる時間帯を狙って、連絡したんだ。そしてお前は何食わぬ顔で事件に居合わせた」

部屋が密室だったことは神田氏が証明してくれる。加えて第一発見者になってしまえば、現場で毛髪の類が発見されても不自然ではなくなる。

「ふーん……」

つぐみは顎に手を当て、俺達の周りをゆっくりと歩きながら、こう反論する。

「尤もらしい物言いだけど、それって証拠あるの？」

「ないな。この事件が殺人ならば、お前が犯人でしか有り得ない、というだけだ。お前が娘の真里に指示し、堤下氏に睡眠薬を飲ませ、朦朧《もうろう》とした被害者の首を吊って殺した。俺がそう思っているだけだ」

「じゃあ意味なくない？」

そうだな、と同意する。これらは全て、俺の想像だ。

一つだけの索状痕も、絞殺した後に遺体を吊ったのではなく、吊ることで殺害したのならば説明は付く。だが検死を行っていない以上、「眠剤を飲ませて意識のない被害者を吊ったのだ」という推測は、推測の域を出ない。証拠には成り得ない。

「私も第一発見者だし、報道はチェックしてる。首に抵抗した痕跡はなし。吉川線、って言うんだっけ？」

「ああ。けどな、つぐみ。首に縄を解こうとした防御創ができるのは、両手が自由に使える場合に限られるんだ」

例えば、両手を拘束されていれば、傷はできない。手が動かないのだから抵抗もできず、抵抗ができない以上、抵抗の痕も残らない。だから警察は索状痕や吉川線を調べると同時に、手首に縛られた痕跡がないかを見る。

今回の場合、堤下氏には緊縛痕はなかった。だから警察も自殺と判断した。

「縛られていないのなら、両手が自由だったってことじゃないの？」

「違う。手首に縛られた痕がない場合、分かるのは『手首を拘束されていなかった』ということだけだ。それは必ずしも両手が自由だということを意味しない」

「……何が言いたいの？」

一拍置き、俺は続けた。

「人間は首を絞められると頸動脈洞反射が起こり、約七秒程で失神する。十秒弱の間、手が自由でなければいいんだ。……鍋つかみでも嵌めておけば、縄を摑むことも、解こうとして首を引《ひ》っ掻《か》いてしまうこともできないさ」

犯行に使用したミトンは廊下にでも放り捨てておけばいい。物で溢れた家だ。捜査に当たった人間も凶器は調べただろうが、台所用品を残らず鑑識に回すことはしないだろう。

つぐみは沈黙していたが、やがて冷静に、「やっぱり想像だ」と呟いた。

「霖雨の物言いがあまりにも尤もらしいから納得し掛けたけど……うん、やっぱり、全部想像じゃん。確たる証拠は一つもない」

「だから言っただろ。反論してくれていいし、聞いてくれなくてもいいと」

「じゃあ、私は怒るべきなのかな？　友達である私を疑うなんてなんて酷い奴だ、って泣き叫んで、帰るべきかな？」

「そうしてくれてもいい。そうされてもやむなしだ。でも、お前がそうしたら、俺は知り合いの警察関係者に今話した想像を聞いてもらって、共犯者である娘の真里に事情聴取を行うように勧めるよ。子どもなら、お前みたいに上手く嘘も吐けないだろうから」

とは言っても、つぐみも嘘が上手い方ではないが。

未練に指摘されて分かった。彼女も俺と同じ癖を持っている。何かを偽ろうとする時には、視線から読み取られることを防ごうとして、目を閉じる癖が。

「どうする、つぐみ。続けていいか？」

「逆に訊くけど、続きがあるの？　霖雨の推理、もとい、想像はこれで終わりじゃなかったの？」

「残念だが、続きがあるんだ」

本当に、残念なことに。

酒に呑まれるほど飲まなければやっていられない程に。

「十七年前、同じ家で起きた首吊り自殺……。その犯人もお前だろ、つぐみ」

堤下氏が自殺した家は、『旧七本松通の首吊り町屋』と呼ばれており、何度も女が自殺しているらしい。

あの准の言うことだ、どうせ尾鰭の付いた噂だろうと考えていたが、実際に二十年程前、梅津和代という女性が首吊り自殺を行っていた。堤下氏と同じ部屋で。なるほど、噂になるのも頷ける。

怨念や呪いの仕業とは言うまい。だが、ただの偶然とも言えない。

二つの事件の犯人は、同一人物なのだから。

「お前は俺の想像は確たる証拠がないと言った」

「うん。そうでしょ」

「その通りだ。だが、この推測は調べれば証拠が出ることだ。……つぐみ。お前は、十七年前にあの家で死んだ、梅津氏の娘、梅津秋季なんだろ」

　自殺した梅津和代氏には一人娘がいた。遠い親戚に引き取られたと言うが、その少女がつぐみだとすれば全てが繋がる。

　堤下氏を殺した理由は、虐待されている娘の真里の境遇を、かつての自分と重ね合わせ、救いたいと思ったから。あるいは、少女がかつての自分と同じように、自らの手で肉親を殺《あや》めてしまわない内に、代わりに殺すべきだと思ったのかもしれない。

「……確かに、私の元々の名前は梅津秋季。名前を変えたのは十八の頃。母親はあの家で死んでいる。でも、それは言ってなかっただけだよ。友達にだって言えないことはあるよ」

「そうだな。誰にだって、やむなしな事情はある」

「霖雨は、私が十七年前にも人を殺してる、って言うんだね。実の母親を、自殺に見せ掛けて殺した、って」

「そうだ」

「証拠は？」

「ないよ。十七年前のことだ。あるわけがない。あったとしても、俺が見つけられる訳もない」

ならやっぱり想像だ。

そう言って可笑しそうに笑い、つぐみは訊く。

「私の母親は自殺ってことになってる。それを霖雨は、私が殺した、って言う。想像を聞かせてくれる？」

「……証拠はないが、お前が聞きたいのなら言うよ」

だって、俺達は友達だからな。


約十七年前、あの町屋で別の女性が首を吊った。

女の名前は梅津和代。俺の友人、つぐみの実の母。奇《く》しくも梅津氏も密室での首吊り自殺だった。密室だからこそ、自殺として処理させた。

いや、奇しくも、ではないだろうか。

二つの事件は同じ人物が行ったものなのだから。

「梅津氏の首吊りを他殺と考えた場合、殺害方法は説明するまでもない」

梁からロープを垂らし、輪に首を通した。被害者は昏睡《こんすい》状態だったのだろう。睡眠剤が処方されている以上、意識を奪うのは簡単なことだ。アルコールに混ぜて飲ませればいい。

睡眠剤もアルコールも、どちらも脳の機能を鈍化させる性質がある。故に睡眠剤をアルコールで飲むことは固く禁止されている。急な意識喪失や判断能力の著しい低下が有り得るからだ。強い希死念慮から、衝動的に自殺してしまう危険性もある。

検死解剖を行えば自明だっただろうが、密室での自殺故、細かに捜査されなかったのだろう。

また未練が言った通り、アルコールや睡眠剤の成分が検出されたとしても、すぐさま他殺とは判断されない。死の恐怖を薄れさせる為、自殺前にあえて飲酒したとも解釈できるからだ。

「だから他殺説の有効な反論は、現場が密室であったことだ」

しかし、この密室は、つぐみが犯人だと仮定すると意味を為さなくなる。

「私が娘だから合鍵を持ってた、とか？」

「もっと単純な話だよ。……出れるんだよ、お前なら」

そう。

十七年前、まだ十や十一の子どもだった彼女ならば、壁にある高窓から出られてしまうのだ。その証左として、部屋は扉こそ鍵が掛かっていたが、窓は開け放たれた状態だった。

「なるほどね……。子どもが犯人なら、大人では通れない小さな窓からでも出られる、ってことか。でもそうすると、別の問題が出てこない？」

「……うん。子どもだと、梁に縄を結べない」

姫子の指摘通りだった。

犯人が子どもではないか、という可能性は俺も真っ先に考えた。やたらと低い位置で行われた首吊りも、小学生の力では被害者を持ち上げられなかった為に選んだ苦肉の策だと得心できるからだ。

だが、姫子の言うように、犯人が子どもだとすれば、今度は別の問題が出てきてしまう。十一歳の女子の平均身長は百五十センチにも届かない。そんな背丈では、首吊り自殺工作の大前提である「梁に縄を結ぶ」ということができない。

「子どもじゃ椅子を使ったとしても、とても届かない。姫子でも難しいくらいだろう。でもな、その謎は、姫子のお陰で解けた」

「……私の？」

「ああ。お前が分厚い本を読んでくれたお陰でな。知ってるか、姫子？　お前が読んでいた、あの魔法使い学校の物語、六センチの厚みがあるんだ」

梅津氏は随分と教育熱心な母親だったらしい。本棚には隙間なく児童書やドリルが並んでいた。

それらの本の中からハードカバーのものを選び、椅子の座面の上や、脚の下に置いて、高さを足したとしたら？

五センチの児童書を四冊重ねれば、それだけで二十センチだ。当時のつぐみの身長が百四十としても、百四十足す二十で百六十。成人女性の平均身長くらいにはなる。背丈が足りない問題は楽にクリアできる。

「このトリックの上手い点は、時間さえあれば証拠の隠滅が容易《たやす》いことだ。使っているのが本だからな。本棚に戻してしまえばいい」

本を一冊ずつ分析していけば踏み台として使った証拠が出たかもしれない。だが、その為には二つの心理的な盲点に気付く必要がある。一つ目が、整然と並んでいる書籍が事件当時はそうではなかった可能性。二つ目が犯人は子どもである可能性だ。

結果は見ての通り。

今まで、誰も気付かなかったのだ。

「以上が俺の説だ」

　顔を伏せたままの友人に俺は言った。

「……お前の言った通り、こんなものは俺の想像だ。論拠なんてありはしない。だから認める必要はないし、自分は無実だと主張して、疑った俺を罵ってくれても構わない。お前が何もしていないなら、俺が全面的に悪い」

　そうしてくれたなら、どれ程有り難かったことだろう。

　どうして友達を疑ったりするんだと泣き叫び、「そんなことしていない」と俺の胸倉を掴んで、反論してくれたなら。彼女が無実だったなら、どれ程良かっただろうか。

　古浜つぐみは黙って、顔を上げる。その頬には涙の跡があった。

「霖雨。聞いてもいいかな……？」

「……なんだ」

「もしも……。もしも、その想像がさ、全部本当でさ……。二つの事件の犯人が私で、私が二人の人間を殺したとしたら……」

「そうしたら、なんだ？」

「霖雨は、私のことを軽蔑するか……？」

彼女は、壊れたような微笑を浮かべていた。

……分かるよ、つぐみ。都合の良い錯覚かもしれないが、今だけは「分かる」と言わせてくれ。俺もお前も、もうずっと昔に、壊れちゃったんだよな。

俺は、あの日、自分を殺そうとしてきた男の涙を見た時から。

お前は、あの日、自らの母親を自殺に見せ掛けて殺した時から。

俺達はどうしようもなく歪《いびつ》で、欠けていて、だから仲良くなれたんだろう。誤魔化しているだけで、そうなんだ。俺達はもう、戻れなくて。この壊れた心を抱えて生きていくしかなくて。

……ごめん、つぐみ。

白状するよ、俺は最初からお前を疑っていた。お前が第一発見者だと聞いた時からだ。だってお前は俺と同じで、酷く歪な奴だったから。

何も言われなくとも、一緒に過ごす内に分かったんだ。お前に何か事情があって、ずっと苦しみ続けているということは。

「するわけないだろ」

だからこそ、友達として俺は言おう。

誰に責められても構わずに、堂々とお前を庇おう。

「もしも、お前が犯人だとしても、やむなしな事情があったんだろう。お前だって人を殺したくはなかったはずだ。でも……。そうするしかなかったんだよな」

そうしたい、と望んだのか。

それとも、そうしたいと望むしかなかったのか。

どちらにせよ俺の紡ぐ言葉は変わらない。

「俺はお前を責めないよ。裁きもしない。友人を責められる程、非情じゃない。他人を裁ける程、立派でもない。俺とお前は違う人間だ。お前が何を思い、どんな選択をしようと、お前の自由だ」

だからこそ言える。

「俺はお前じゃない。他の誰かでもない。俺だ。だから、俺の価値観で判断する。俺はお前を軽蔑なんてしないし、これからも友達だと思う」

「……そうか。そうか、そうか……」

お前と知り合えて、良かった。

吹っ切れたような顔でそう語ると、彼女は去っていく。

その後ろ姿を俺達は黙って見送った。元より証拠は何もない。

後は、彼女が何を選ぶかだ。

‡

俺達も帰ろう。

そう声を掛けて隣を見る。姫子は泣いていた。

「……泣くなよ」

「……でも……」

零《こぼ》れ落《お》ちる大粒の涙をパーカーの裾で拭う。泣き虫な奴だなと思う傍ら、他人のことを想って涙を流せる彼女のことが、少しばかり、羨ましかった。俺は悲しいと感じこそしているが泣くことはない。いつもと同じような表情をしているのだと思う。

姫子は言う。

「……ごめんなさい……」

「何がだ？」

「……私の我《わ》が儘《まま》で、辛いことをさせた……」

なんだ、そんなことか。馬鹿なことを。

俺は小さな頭の上に手を置き、触り心地の良い髪を撫で、こう返した。

「最初に言っただろ。俺だってこの事件は気になっていたんだ。お前に頼まれたことは事実だが、それを承諾して、調べ始めたのは俺の意思だ。だから、気にしなくていいんだ」

「だって……」

「こんなことは、たまにはある話だろ。やむなしなことだろ」

そうだ。他人事であるから気にも留めないだけで、今日も何処かの誰かは苦しみ、涙を流している。一人の死は悲劇だが、千人の死は統計上の記録に過ぎない。ニュースの向こう側には、いつだって生きた人間がいる。

俺はその真理を知っているつもりだ。多分、つぐみも。

興味本位で事件を調べているのならやめた方がいいとつぐみは言った。どんな出来事の裏にも、あるのは冷たい真実だけだからと。

他人を助けようとして手を伸ばすことは尊いことであっても、深淵に引き摺り込まれない保証は何処にもない。暗闇に光を当てたとしても、そこに在るのは虚無だけかもしれない。誰かの傷を癒そうとして、自分が傷付いてしまう。

こんなことは有り触れた話。

とうの昔に分かっていたこと。

即ちは、やむなしなこと、なのだ。

「さっさと帰ろう。もう事件は終わったんだ」

「……うん……」

二人の家路。

俺も、姫子も、一言も発することはない。居候二人が唇を結んだままに六月の京都を歩いていく。彼女は何を考えているのだろう。あるいは、俺は。

「あ……」

ふと、隣で足を進める少女が立ち止まり、そのフードを脱いだ。

何かと思えば、姫子の視線は街の一角に向かっていた。未《いま》だ入居者の見つからない町屋は、何も語ることなく、風景に溶け込んでいる。今回の事件現場である旧七本松通の一軒家だった。

目を凝らす。やはり俺には何も見えない。

「……誰かいるのか？」

ううん、と首を振り、次いで「もういなくなった」と続けた。

「……今、いなくなった」

「そうか」

以前見た際には消えそうになっていたはずだ。自然消滅する前に間に合った、ということか。

「……ありがとう、って言ってた。だから、心残りがなくなって、消えることができたんだと思う」

「なるほどな。幽霊ってのは生者以上に耳が早いんだな」

「嫌な気配もなくなったから……中にいた人も、いなくなった」

と思う、とフードを被り直しつつ、自信なく付け加える。

それが真実なのかどうかは俺には分からない。多分、一生。けれど彼女がそう言うのならば信じておくことにしよう。そう、半分くらいは。

救われぬ魂が成仏したのだと思えば、少しくらいはこの謎解きに意味を見出《みいだ》せるだろうから。

家に向かい、再び歩き出した頃、少女が問い掛けてくる。

「……ねえ」

「なんだ」

「あの家の……中にいた人は、前の被害者の梅津さんだと思う……。殺されてしまったのなら、『なんで』『どうして』って言葉の意味は、分かる……。でも、外にいた子が言っていたのは、どういう意味だったのかな……」

玄関先に縛り付けられていた霊は「お母さんを助けて」と言っていたという。俺には終《つい》ぞ何も見えなかった。故に断言はできないものの、姫子が見たのが、今回の被害者、堤下法子氏の死んだ娘である絵里ならば、理由は想像できる。

実はこれも、最初から分かっていたことの一つだ。

「堤下氏の上の娘、絵里は、虐待によって死んだのかもしれない、とは言ったよな」

「うん……」

「デリケートな問題だから、第三者は中々介入できないとも言ったな」

「うん、聞いた」

俺は告げる。その不都合な真実を。

「世間の人間がどう思うかは別にして、虐待は病理という考え方がある。病気、ってことだ。子育てのストレスやパートナーとの関係、周囲との軋轢《あつれき》や本人の経験……。それらの諸々が原因となって、情動をコントロールできず、子どもを虐げずにはいられない状態になっている」

児童虐待は、英語では「child abuse」とも言われることがある。直訳すると「子どもの乱用」。薬物乱用と同じように表現されているのだ。

根本部分も薬物乱用と同じだと俺は思っている。何らかの苦しみから逃れる為に、子どもを乱《みだ》りに用いる。本当は、という言葉くらい信用ならないものはないが、虐待をする親も本当は子どもを殴ったりしたくはないし、罪悪感に苛《さいな》まれており、やめたいとも思っている。

けれど、やめられない。そうすると罪の意識ばかりが大きくなり、そのストレスから逃れる為に「この子が悪いから」と言い訳を付け、また虐げる。

まさに依存症と同じ構図。

社会の病理、なのだ。

「これは捉え方の一つであって、事情があるのだから親を許すべきだ、というわけでもない。ただ、虐待を行うような人間は自分とは違う存在だと思うのは、『犯罪を行う人間は皆救いようのない異常者だ』と考えるのと同じくらいに極端な思想だよ」

ほとんどの違法行為は、善人でも悪人でもない、普通の人間が行うものだ。白と黒で分けられることはあまりない。どこまでもグレーで、境界のない灰色で満ちているのが、社会というものだ。

だが人は、悪を為すのは一部の異常者だと思いたがる。血筋に人種、その人間に付けられた疾患名のラベル……。大半は偏見だが、原因だと信じているのだ。

そう思ってさえいれば、自分とは無縁の事柄と考えられるから。「自分が罪を犯さない保証など、何処にもない」。その恐ろしい真実と向き合わずに済むのだから。

「虐待を病気であると見做すならば必要なのは治療だろう。原因を解明し、状況を改善することだ。家庭への警察の積極的な介入に反対な人間が多いのは、こういう理由からだ。犯罪として立件してしまった時点で機能不全の改善が難しくなるからだ」

「じゃあ……。あの子は、お母さんが本当は苦しんでるって分かっていて、だから『助けて』って言ってたってこと……？」

一つしか見えない瞳を大きく見開き、姫子は驚いた風に呟く。

そうだな、と俺は同意する。

「あるいはそう信じたかっただけかもしれないがな。親が子を愛するかどうかは分からないが、子は親を愛するようにできている。本当は優しい母親だと、本当は自分のことを愛しているんだと、そう信じたいものだろ」

それに、そう。

矛盾したことを言うようだが、痛め付けた後に抱き締めて、「愛している」と囁《ささや》いたところで、暴力を振るった事実は変わらない。死に至らしめたとしたら、人殺しである事実は揺るがない。

この問題には答えがない。少なくとも俺は明瞭な解を持っていない。だからこそ、そんな出来事が起きないようにできればいいと思っている。

「……でも」

「ん？」

「梅津さんは、なんで自分が、って言ってた……。まるで自分は悪いことなんて一つもしてないみたいに……」

俺は苦笑した。笑うより他になかった。

「同じような行為を行っていたとしても、罪悪感に苦しむ人間もいれば、何も感じない人間もいる。当たり前だろ、そんなことは」

考えてみれば当然のこと。俺達は一人ひとり、違う人間なのだから。

それもまた、やむなしなことだった。

‡

その日の夜、俺は夢を見た。

随分と昔の夢だった。十年近く前の夢だ。俺は大学生で、狭苦しいワンルームに住んでおり、友人とたこ焼きを食べることになっていた。たこ焼き器を持ってきたのは准だったが、何故か准はいない。他の人間も。

いるのは、つぐみ一人だった。

古浜つぐみは正面に腰を下ろし、たこ焼きを作る俺を微笑ましそうに見ている。あまり器用な方ではないのは確かだが、笑われる程に下手ではないだろう。

『見てないで、お前も焼けよ』

笑って、食べて、その繰り返しの彼女に対し、俺は言った。

彼女は笑みを湛えたまま何かを口にする。

だが、何故か聞き取れない。

『……なんだって？　なんて言った？』

聞こえなかったならそれでいいよ。

知らないままでいいんだ。

つぐみはそう返して、また微笑んだ。

俺達はどうでも良い話をした。流行りの芸人に妙なネタや自力優勝が消滅した地元のプロ野球チームに、最近読んだ本の恋愛描写について。

細かな部分は思い出せない。覚えていないのだ。本当に話をしたのかさえも今や曖味だ。この光景は脳が作り出した幻想なのか、それとも過去の記憶の残滓なのか、それさえも分からない。

それでも、俺とつぐみは間違いなく友達だった。

つまらない冗談を言って、他愛もない話を沢山した。

『熱いの、怖いんだよね。だから料理も苦手なんだ』

彼女の言葉に、俺は「らしくもなく可愛いことを言うんだな」と揶揄った。

知っていた。分かっていた。

彼女の背に不自然な、人為的なものとしか思えない火傷痕があること。熱したアイロンか、電気を点けたヒーターか。そういった類のものを誰かに押し付けられたのだろう。

恐らくは家族に。

多分、母親に。

独りを嫌い、家庭を求めながらも、当の自分が家族を壊してしまうのではないかという恐怖に怯え、誰かに気持ちを告げることも満足にできない。彼女はずっと孤独だった。

お互いに知らなければ良かったのにな。

そう思わないか？

虐待は連鎖する。被害者が加害者になる。傷が治ることはない。やがては疼く痛みに耐え切れなくなり、誰かを傷付けてしまう。有り触れた事象。揺るがぬ真理。どうしようもない絶望だ。

……結局、俺は何も言わなかった。

彼女の悲痛を察しながらも、何もしなかった。

友達だからこそ何もしなかったのか。友達なのに何もしなかったのか。もう分からない。ただの友達だからこそ、辛い過去には触れずに、そんなことは素知らぬように、笑える今を過ごそうと思っていた。けれども、実際は怖かっただけなのかもしれない。痛みを受け止められる自信がなかっただけなのかもしれない。

今となってはもう、分からない。

それでも俺とつぐみは間違いなく友達だった。

友達なのだ。

昔も、今も。

『あー……！　こんな日々がずっと続けばいいのになあ！』

缶ビールを一気に飲み干した彼女は、そんな風に言って、また笑う。

そうだな、本当にそう思うよ。そうだったら、どんなに良かっただろうな。

でも無理なんだ。お前の想いには応えられない。こんな日常は、あくまでも一時のもの。この世に永遠はない。やがては終わりがやって来てしまう。やむなしなことなんだ。

だけど、俺達の傷がずっと消えないことと同じように、この瞬間、俺達が笑い合っていた過去も消えない。その事実は揺るがない。

それを救いだと思うのは俺だけかな？

なあ、つぐみ……。

‡

翌日。俺と姫子はつぐみが自首したことを知った。

謎は解かれ、事件は終わった。首吊り町屋の二人の霊は消えたらしい。

だけど、だからどうしたというのだろう？

事件は起こってしまったのだ。俺が真相を見抜いたところで、何も変わらない。時は巻き戻らず前に進み続ける。やがて全ては忘れ去られ、記録としての文字列だけが残るのだ。

　ひょっとしたら俺は、友人を不幸にしただけなのかもしれない。

「そんなことない、絶対」

　ソファーに寝転がりながら零した俺の本音を、姫子ははっきりと否定した。

「……あなたは確かに人を救ったよ」

「町屋にいた幽霊のことか？」

「それだけじゃない。つぐみさんのことを救ったと思う。あなたが解かなければ、あの人はずっと、罪の意識を抱えて生きないといけなかった。誰にも話せないまま、苦しみ続けないといけなかったと思う」

「……そうか。そういう風にも、言えるか」

　誰にも言えぬ罪を抱え続けること。

　それは永遠に続く孤独であり、延々と続く悪夢だ。

　殺人等《など》の重犯罪の時効が撤廃されて久しい。しかし、そもそもどうして人を殺すような重い罪に、時効があったのか。

　色々と理由があるが、好きな理由が一つある。それは「逃げ続ける犯人は時効までの間、罪の意識で苦しんだから」というものだ。自分の罪が明らかになるのではないかと思い過ごす日々は、とても心が休まるものではないだろう。それ自体が、既に罰なのだ。

　この考え方が正しいのかどうかは分からない。

　けれど、好きな理由だった。


　俺とつぐみは似ているようで、違っている。

　見ず知らずの他人に命を懸けて守られた俺と、血の繋がった親を殺すしかなかった彼女。同じ歪な人間同士でも、そこには決して埋まらない差異がある。彼女の気持ちが分かるように感じたのは、それこそ都合の良い妄想で、仮に掛け替えのない友人であったとしても、その心は分からないのだ。それが当然だ。

　けれども、そもそもとして人は一人ひとり違う。

　違った視界の、違った世界を生きている。

　だから大切なのは、その差異をどうしていくか。どう在りたいかだ。

　俺は彼女とずっと友達でいたいと思っている。

さて、彼女はどうだろうか？

エピローグ

七月に入ると京の街は一気に夏らしくなる。蒸し暑くなるのだ。盆地に造られている為か、この都はやたらと湿度が高いし、妙に暑い。

今日の社会学概論の講義は早めに切り上げることにした。終了を告げると大教室は俄《にわ》かに騒がしくなってくる。休み時間ではないので静かに移動するようにと言って、周囲を見回す。まだノートを取り終わっていない者はいないようだ。板書を消して、手に付いた白墨を払い落とす。

遅くなってオーバーするよりは早めに終わる。俺のポリシーだ。区切りも良いし、進捗《しんちょく》も悪くない。無理して進める必要もないだろう。

春セメスターもそろそろ終わりだ。定期試験はもう出来上がっていた。試験を使い回す教授もいるが、俺はその類ではない。講師の頃から試験の度に問題を作り直している。学生にとっては嫌な先生になるだろうが、設問の九割が選択式だ。とりあえず講義に出席し内容を聞いていれば単位は取れるだろうし、真面目に勉強すれば八割は堅い。

いつもの連中が余ったレジュメや出席カードを回収し、教壇へと持ってくる。チェック柄、インテリ、黒髪ロングの三人組。ミステリー・オカルト研究会のメンバーである。つまり俺の後輩だ。

コイツ等には話していないが、俺も在学中はミスオカに所属していた。OBということになる。准がサークルを立ち上げた際、数合わせで加入させられたのだ。勿論、つぐみも入っていた。

今は遠き、学生の日々。一般的に想像される青い春とは掛け離れた生活だったが、笑顔は溢れていたように思う。准も、つぐみも、最近あまり会っていな奴等も、皆、くだらない話をして笑っていた。

無愛想な俺の分を補うかのように。

それぞれが抱えた事情を、せめて今だけは忘れてしまえるように。

「センセー、テストって何出るんですか？」

「教えるわけないだろ、勉強しろ」

らしくもない感傷はチェック柄の気の抜けた声で中断させられた。

今から復習すれば余裕だよ。

「そんな、酷い！」

「何処がどう酷いんだ」

至って真っ当な助言だろうに。

「先生と私たちの仲じゃないですか！」

「先生と生徒だな。畢竟するに、ほぼほぼ他人だ」

黒髪の大袈裟な物言いにはつれない答えを返しておく。実際には教師と学生である以上に、大学及びサークルの先輩後輩なのだが、その話をして、絡まれる頻度が増えても面倒だ。

「選択式ですよね？」

「ああ。論述も二つあるが、ほとんどは多肢選択問題だ」

「他の先生みたいに、正解の選択肢の文字を順番に読むと文章になっているとか、ありません？」

「ない」

正解が生徒へのメッセージになるというあの教授は俺の在学時代からいたが、他に似たようなことをやっている先生は終ぞ見たことがない。

「そう言えばご存知ですか、椥辻先生」

と、沈黙を守っていた眼鏡が口を開く。

「何がだ」

「あの旧七本松通の首吊り町屋の話です。実は自殺ではなく、他殺だったとか……」

「……ああ。そうらしいな」

その事件については、多分、誰よりも知ってるよ。

きっと忘れることもないと思う。

「聞くところによると、誰かに犯人だと見抜かれて、それを切っ掛けに自首することを決めたんだとか……。警察が自殺と判断した事件の真相を暴くなんて、とんだ名探偵もいたものだと思いませんか？」

「そうだな。まさかお前達、謎を解いたのが俺だと思ってるんじゃないだろうな」

三人組はそれぞれ顔を見合わせ、次いで、笑い出す。

なんだ、何がおかしい？

「まっさかぁ！　先生のことは尊敬していますけど、そこまで過剰に期待してないですよ！　きっとホームズみたいな凄腕《すごうで》の探偵が解いたんだと思いますよ。先生もそう思いません？」

「…………そうだな」

黒髪の言葉にはそんな一言を返しておく。

誇るようなことでもないし、わざわざ話す理由もないので黙っておくが、俺が犯人を見抜いたと知ったら、この三人はどんな顔をするのだろう？　というか、やはりコイツ等、遠回しに俺のことを馬鹿にしてないか？

余計な話をしてボロを出してもいけない。今から勉強しておけよ、と言い残し、俺は大教室を後にする。背中から届くのは「はーい」という三人の能天気な返答。

……全然勉強しそうにない。

‡

東准には、つぐみが自首した後、すぐに事件の一部始終を話した。

旧友はサイドテールを解くと、そっか、と小さく呟いた。嘆くでもなく怒るでもなく、仄かな笑みを浮かべている。感情は読み取れない。准は俺達と違い、昔から嘘が上手い奴だった。

「俺のことを責めるか、准？」

「まさか。君も、つぐみも、色々考えた末に、その選択をしたんだよね。だったら責められないよ。むしろ、大変だったのに気付かなくて悪かったなー、って思う」

カクテルを呷ると、からん、と深夜のカウンター席に氷の音が響いた。

「それとも、責められた方が君は楽になるかな？　そういうことってあるよね。誰かに叱られて、救われた気分になる、みたいな。実際はそれで終わりじゃないし、終わりだと思っちゃいけないんだけど」

罪が暴かれ、裁きを受けて。そこで終わるのではない。始まるのだ。

殺されている以上、被害者はどうしようもなく終わっている。けれど加害者は生きている。生き続け、自身の罪に向き合うこと。それが罪を償うことだ。残酷な話だろう。一生苦しめと告げているのと同じなのだから。

俺も苦しんでいこうと思う。ずっと忘れることなく、覚えて居よう。彼女に報いる為に。

「いつだったか君は言ってたよね。探偵は本質的に手遅れな存在だ、って。謎を解く以上は仕方がないけれど、事件はもう起こってしまっているから。だから、事件が起こった背景を分析して、事件を起こさなくてもいいようにしたい、って」

「……そんなこと言ったか？」

「言ったよー。結構、感動したんだから」

本当に覚えていないのかと驚いたように笑って、准は続けた。

「でもその在り方ってさ、事件の防止って観点では一番先にいても、同時に、手遅れなものを見続けることだよね」

「……まあな」

起きてしまった事件を見て、失われてしまった命を見て、取り返しのつかない罪を見る。過去を、見続けていく。

俺のやっている研究にはそういう側面がある。過去の事例を分析することで、現在を解釈し、未来に役立てようとする。だが、どうあっても過去は変わらない。命や人生が戻ってくることはないのだ。

「しんどい生き方だよ、それ。でも、そうして生きていくんだよね」

「ああ」

これからも俺はこうやって生きていく。

俺がしたいことであり、俺が決めた、俺の在り方だから。

今度は俺が笑う。

「心配するな、大丈夫だよ。元々繊細な人間ではないし、それに、無力感や後悔に傷付くばかりじゃない。知らないことを知ることも、分からないことが分かるようになることも、他人を理解しようとすることも。全部、面白いことだ。やりたいからやっていることだよ。ああ、」

「面白いじゃなくて興味深い、でしょ？　つくづく学者だなあ、君は」

「褒め言葉として受け取っておくよ」

准がグラスを差し出してくる。俺は黙って、それに合わせた。

本日何度目かの乾杯の意味は歩き続ける者への祝福だっただろうか。

‡

一階に下り、現代社会学部の学部棟を出る。見知った姿がそこにはあった。

エントランスの突き出した屋根の下。巨大な円柱に体重を預け、椥辻姫子が立っていた。もう夏だからか、パーカーも半袖仕様。目深に被ったフードと眼帯は先月までと変わらない。

今日の天気は快晴だ。まさか迎えには来ないだろうと油断していた。

「姫子君。どうした？」

訊ねると、少女は「別に」と小さな声で言った。

「……近くまで来たから、迎えに来ただけ」

「そうか」

「…………」

不意に黙る姫子。だからやめろ、怒らせたのかと心配になる。

視線を追ってみるも、右目が見ているのは俺の足元だった。流石にそんなところに霊はいないだろう。

「どうした？」

「……もう、帰る？」

「ああ。今日はこのまま帰るよ」

「……分かった」

歩き始めると、姫子が続く。初夏の家路を二人で歩いていく。

俺が一歩前に進む度、少女が遅れぬように足を動かす。身長が違うのだから仕方がないが、申し訳ない気分になってくる。

そう言えば、何年か前にそんな曲が流行《はや》った覚えがある。人は一人ひとり違った存在だ。だから、歩幅も、想うことも、違うのは当たり前。その差異をどうしていくかを考えること。それが誰かと生きるということ。

彼女の視界は俺とは違う。俺に見えないものが、彼女には見えているらしい。それが本当かどうかは俺には確かめようがない。

だけど、それがどうしたというのだろう？

そんなことはそう、当たり前のことだ。

「……ねえ」

「なんだ」

姫子が問い掛け、俺が応じる。

「……ありがとう」

「何がだ？」

「……色々」

「色々か」

「そう、色々」

平野神社の横を抜け、天神川《てんじんがわ》を渡り、北野天満宮の裏の道から上七軒通を下っていく。お馴染みとなりつつある二人の帰り道。

「……あなたは、」

「ん？」

「あなたは……雨みたいな人だね」

冷たいってことか？と問うと、少女は首を振る。

「最初はそう思った。……けど、違った。あなたは確かに冷たく見えるけれど、零した涙を隠して、流してくれる。そんな雨。雨空みたいな瞳の、雨みたいな人」

詩的な言い回しで良く分からないが、どうやら評価してくれているらしい。気恥ずかしくなって、そうか、とだけ返しておく。

「あと……。……私のことは、姫子、でいい。『姫子君』だと、他人みたいだから。親しい相手には皆そうみたいだし……。……私のことだって、真剣な状況では、呼び捨てにしてるから」

「分かったよ、姫子」

元々、内心では呼び捨てにしている。向こうがそれでいいのならば、そうしよう。

姫子はほんの僅かに、何処か嬉しそうに少しだけ微笑んだ。

「……うん。……私も、霖雨、って呼ぶ」

「え？　お前も？　それは違うんじゃないか？」

「……何が違うの」

「子どもが大人を呼び捨てにするなよ」

「……子ども扱いしないで」

いやまあ、構わないんだが……。

上七軒の交差点。もうそこで、姫子が立ち止まることはない。コンビニの前を通って、東へ。西陣は徒歩だと少しばかり遠い。

「……ねえ、霖雨」

「なんだ、姫子」

一拍置き、同居人の少女は訊いた。

「もしもまた、私が誰かを見て、謎を解いて欲しいって言ったら……。霖雨は、協力してくれる？」

なんで俺が、と言い掛けて、やむなしかと思い返す。

俺に、幽霊とやらは見えない。だから、あの町屋にいた人達が成仏できたのかどうかも分からない。

それでも彼女が協力を望み、俺が力を貸すことで、彼女が見た存在だけではなく、俺にも見える誰かが救われるのだとしたら。探偵の真似事をするのも悪くはないかもしれない。

「ああ。まあ、気が向いたらな」

「……分かった」

二人きりの帰り道。相も変わらず歩幅は揃わない。一生、合わないままだろう。

だから、時にはそれとなく立ち止まり、あるいはスピードを緩め、たまには寄り道をして、どうでもいいこともどうでも良くないことも、どちらも話しながら、並んで歩いていくことにしよう。

あとがき

　はじめましての方ははじめまして、そうではない方はいつもお世話になっております。吹井《ふくい》賢《けん》です。

　このあとがきを書いているのは令和二年の十二月なのですが、少し前に、本業の方で関わっている方が亡くなられました。正直なところ、驚きはしたものの、僕のやっている仕事はそういうことが珍しくありません。ですが、その方が亡くなって、担当していた職員として記録を書くことになり、それがA4二枚で済んでしまった時は、流石《さすが》に色々と考えることがありました。経過報告一枚に、決裁書類一枚。人が死ぬということは一大事ですが、記録として残るのは、ただの文字列。まさに、「紙片に纏《まと》められた無味乾燥の情報」です。

　この作品のテーマは、「どんな事件であっても、そこには生きた人間がいる」です。夕方のニュースで取り上げられる事故の報道も、新聞の片隅に書かれた判決も、僕の手元にある自殺者数の資料も。それらは数字と文字列に過ぎませんが、全ての当事者は血の通った人間。そのことを忘れたくないと改めて思いました。

　記録では主観を除いた文章を書きましたが、担当の職員としての思い出は、心の中に置いておこうと思います。

それでは最後に謝辞を。

イラストを担当してくださったカズキヨネ様、『破滅の刑死者』に続き、お世話になりました。先生が「是非絵を描きたい」と思うような作品を作れるよう、これからも努力していきます。同じく引き続き、担当いただいている編集のAさん、ありがとうございます。今回も相変わらずギリギリでご迷惑をお掛けしました。今年の目標は原稿を早めに上げることです。新作の刊行に当たり、ご助力を頂いた関係者の皆様にも、この場を借りて御礼《おれい》を。そして、大学、大学院の教授、講師の先生方。在学中は薫陶を賜り、感謝しております。決して出来の良《い》い学生ではなかったと思いますが、先生方から教えていただいた内容を覚えているつもりです。……少しは。

この作品が、読者の皆様の一時の楽しみになれば、それが作者にとって最高の喜びです。それでは、吹井賢でした。

吹井　賢

参考文献

『新版増補版　社会学小辞典』濱嶋朗・竹内郁郎・石川晃弘／編（有斐閣）
『改訂版　よくわかる犯罪社会学入門』矢島正見・丸秀康、山本功／編著（学陽書房）
『ケースで学ぶ犯罪心理学』越智啓太／著（北大路書房）
『補訂版　社会心理学』池田謙一、唐沢穣、工藤恵理子、村本由紀子／著（有斐閣）

<初出>

本書は書き下ろしです。

この物語はフィクションです。実在の人物・団体等とは一切関係ありません。

メディアワークス文庫

犯罪《はんざい》社会《しゃかい》学者《がくしゃ》・椥辻《なぎつじ》霖雨《りんう》の憂鬱《ゆううつ》

吹井《ふくい》 賢《けん》

2021年2月25日　初版発行

発行者　青柳昌行
発行　株式会社KADOKAWA
〒102-8177　東京都千代田区富士見2-13-3
0570-002-301（ナビダイヤル）
装丁者　渡辺宏一（有限会社ニイナナニイゴオ）
印刷　株式会社暁印刷
製本　株式会社暁印刷

●お問い合わせ
https://www.kadokawa.co.jp/（「お問い合わせ」へお進みください）
※内容によっては、お答えできない場合があります。
※サポートは日本国内のみとさせていただきます。
※Japanese text only

※定価はカバーに表示してあります。

Printed in Japan
ISBN978-4-04-913748-4 C0193

メディアワークス文庫　https://mwbunko.com/

本書に対するご意見、ご感想をお寄せください。

あて先
〒102-8177　東京都千代田区富士見2-13-3
メディアワークス文庫編集部
「吹井 賢先生」係

霊能探偵・初ノ宮行幸の事件簿1〜3

山口幸三郎

――生者と死者。彼の目は
その繋がりを断つためにある。

世をときめくスーパーアイドル・初ノ宮行幸には「霊能力者」という別の顔がある。幽霊に対して嫌悪感を抱く彼はこの世から全ての幽霊を祓う事を目的に、芸能活動の一方、心霊現象に悩む人の相談を受けていた。

ある日、弱小芸能事務所に勤める美雨はレコーディングスタジオで彼と出会う。すると突然「幽霊を惹き付ける“渡し屋”体質だから、僕のそばに居ろ」と言われてしまい――？

幽霊が嫌いな霊能力者行幸と、幽霊を惹き付けてしまう美雨による新感覚ミステリ！

学芸員・西紋寺唱真の呪術蒐集録

峰守ひろかず

『絶対城先輩の妖怪学講座』ファン必見の伝奇ミステリ！

　北鎌倉に建つアンティーク博物館に、その人はいる。眉目秀麗、博覧強記、慇懃無礼。博物館界のプリンスと呼ばれる名物学芸員・西紋寺唱真の実態は――呪いの専門家。とりわけ「実践的呪術」を追求し蒐集する、変人だ。運の悪い大学生・宇河琴美は、西紋寺のもとで実習を受けることに。だが、実習内容は呪いにまつわるものばかり。しかも怪しい事件が次々と持ち込まれ――。憧れの学芸員資格取得のため、西紋寺の実習生兼助手（？）として呪術の謎と怪事件に挑む！

　呪いや祟りでお困りの方は、当館へ。「専門家」がご対応いたします。
　北鎌倉の博物館に持ち込まれる呪いの奇奇怪怪を、天才学芸員が華麗に解き明かす伝奇ミステリ！

メディアワークス文庫